J'AI TUÉ KENNEDY

Manuel Vázquez Montalbán est né à Barcelone en 1939. Essayiste, poète et romancier, célèbre dans le monde entier grâce au détective Pepe Carvalho, sa vision critique de la réalité et son engagement ont fait de lui un des intellectuels les plus actifs et lucides de notre époque. Son œuvre a été couronnée de nombreux prix littéraires en Espagne et à l'étranger et plusieurs universités européennes lui ont décerné le titre de *docteur honoris causa*. Il est mort à Bangkok le 18 octobre 2003.

Manuel Vázquez Montalbán

J'AI TUÉ KENNEDY

Ou les mémoires d'un garde du corps

ROMAN

Traduit de l'espagnol
par Denise Laroutis

Christian Bourgois

TEXTE INTÉGRAL

TITRE ORIGINAL
Yo mate a Kennedy

ISBN 978-2-7578-0650-0
(ISBN 2-267-00915-3, 1re publication
ISBN 2-264-02975-7, 1re publication poche)

Impressions, observations et Mémoires d'un garde du corps

Les personnages historiques qui apparaissent dans ce roman sont volontairement falsifiés et n'ont d'existence que dans les photographies et dans les images qu'en donne la culture de masse. Les rapports qu'ils ont entre eux ne sont ni humains ni vrais. Qu'il me soit permis de rejeter sur leurs programmateurs la responsabilité de toute exagération déformante[1].

1. Le lecteur aura intérêt à se reporter à l'Introduction placée par Georges Tyras en tête de *Manifeste subnormal*, publié en même temps que ce *J'ai tué Kennedy*, inclus lui aussi dans l'ensemble des *Écrits subnormaux*, de Manuel Vázquez Montalbán. Le lecteur trouvera par ailleurs en fin de volume un « Index des noms et sigles espagnols », agrémenté de quelques notions, qui l'aidera à évoluer dans ce qui est, aussi, un tableau de l'Espagne du milieu du siècle. (*N.d.T.*)

La classe moyenne est tombée en disgrâce,
Partie, Mireille, morte, Margot,
Et ce jeune homme aristocrate,
Trop lâche sans doute... a tourné le dos.
Il a pleuré de son départ la cause,
Il a pleuré la source de son mal,
Alors que la jolie Barra Florida
Chantait son chœur sentimental.

(*Le Danseur*, tango de Ríel et Linyera)

La complicité européiste de Jacqueline me flattait.

– Rien ne peut être comparé à notre palais des Sept Galaxies, pas même le Petit Trianon.

Jusqu'à la première galaxie arrivait le bruit que faisaient les blagues et les gros rires de Mgr Cushing. De temps à autre, l'ombre d'un enfant nu passait, rapide, devant la jalousie. Jacqueline feuilletait un livre d'Avedon et Baldwin. Dans deux verres hauts, le liquide bleu était en effervescence et les feuilles de menthe commençaient à mariner. Je fermai les yeux pour sentir le contact sexuel du picotement dans ma gorge. Les bulles me griffèrent à me faire mal. Je me mis à suer.

Jacqueline ne suait pas sous la plastification merveilleuse de sa peau maquillée. Je laissai errer mon regard sur le mur sans fin de la pièce ronde, je me souvins d'une cuite jusqu'à présent oubliée.

– Vous avez un dollar ? Vous me prêtez un dollar ?

Je mis la main au portefeuille avec trop de précipitation. L'éclat de rire de Jacqueline paralysa mon offre.

– Merveilleux. Vous ne m'avez pas déçue. Vous êtes un *caballero* espagnol.

Elle se remit à tourner, d'un doigt distrait, les pages

de son livre qu'elle me flanqua, tout à coup, grand ouvert, sous les yeux.

– Atroce, n'est-ce pas ?

J'approuvai, il ne lui en fallait pas plus.

Je ne voulais pas enlever ma veste, je ne voulais pas qu'elle voie le pistolet sous mon aisselle. Non à cause du pistolet, ni des images de violence brute qu'il aurait pu lui inspirer, mais de la laideur de la bretelle qui retenait l'étui, comme une sinistre corseterie d'invalide. Or j'avais chaud. Sans doute faisait-il chaud. Je me levai pour me rapprocher, l'air de ne pas y toucher, de la jalousie. Sur la pelouse, les Kennedy mangeaient des sandwichs en famille. Le soir tombait. L'eau de la piscine retrouvait un calme falsifié sous les ombres grises. Un valet noir pêchait les feuilles mortes et flottantes. Robert Kennedy faisait le poirier et ses deux fils aînés l'imitaient. Je regardai, je n'en crus pas mes yeux, je regardai encore. John Fitzgerald Kennedy fumait un très long calumet de la paix, perché au faîte d'un marronnier d'Inde. L'ombre d'un nuage précipita le déclin du jour. La peau des corps s'assombrit, la peau du monde aussi. Jaillit une blancheur brutale distillée par la denture collective des Kennedy. La voix de Jacqueline me parvint, et c'était une compagnie dont je commençais à avoir besoin.

– Vous croyez que le système de surveillance sera insuffisant pour détecter Carvalho ?

– Vous ne connaissez pas les Galiciens.

– Mais si ! J'en connais un, même deux. Un commerçant en gros, à Detroit, et le cuisinier d'Adlai. Je n'ai pas remarqué qu'ils avaient quelque chose de spécial. Ce que je peux dire, c'est qu'ils ne sont pas invisibles.

– Ils sont dangereux et têtus, comme les Juifs.

Jacqueline, d'un doigt, scella sur ses lèvres les miennes, tout en jetant un regard méfiant aux quatre coins inexistants de la pièce ronde.

– Taisez-vous, je vous en prie.

Déjà nous parvenait l'accoutumé murmure du violoncelle. Nous n'y coupions pas : dix-huit heures trente, heure de Washington. Jacqueline se mit en mouvement, je la suivis. Elle pressa sur un bouton et le ressort déplaça les rayonnages. J'ouvris la porte de l'ascenseur et, presque sans décalage temporel, je me retrouvai auprès de Jacqueline dans la septième galaxie. La salle faisait un kilomètre carré, entièrement capitonnée dans un ton incolore. Il y flottait une estrade laquée en noir, et dessus : Pau Casals. Il jouait la sardane de dix-huit heures trente, heure de Washington. La sardane de Sant Martí del Canigó. Des dames nues se relayaient aux coins de l'estrade, gargouilles pensives sur le vide incolore. Mettant les silences à profit, comme s'il cherchait quelque point d'ornement, le maître les touchait de son archet, qui le dos, qui l'éclatement céruléen des fesses durcies par la flexion. Après quoi, il reprenait son interprétation pleine de beaux miaulements, à supposer qu'il puisse y avoir de beaux miaulements. La pièce se trouvait en apesanteur et le coussin que me lança Jacqueline n'en finit pas d'arriver jusqu'à ma main.

Je m'assis en l'air sur le coussin. J'ouvris grand la bouche pour avaler les bouffées de gaz du bonheur, breveté Westinghouse. Le gaz s'infiltrait par des orifices rhomboïdaux également suspendus à un infini supposé. Il avait un léger goût de *ginger ale*.

Ce qui rend Jacqueline pleinement heureuse, c'est qu'on s'extasie avec elle devant le palais des Sept Galaxies. Jusque dans l'entière complexité de son parcours, elle le fait visiter avec l'enthousiasme confessionnel d'une jeune mariée qui montre, remontre et montre encore les soixante mètres carrés de son appartement à loyer modéré. Cette fois ce sont dix mille mètres carrés que nous parcourrons sans presque nous en rendre compte ; grâce à un tapis roulant, on acquiert là le privilège de se transformer en marcheur sans peine.

Le déphasage linguistique de Jacqueline apparaît dans toute son ampleur quand elle qualifie de « très mignon » un menhir de quatre mètres de haut en pur acier léché par le soleil, sur lequel figure, façon stèle impériale, la généalogie complète des Kennedy. Ou quand elle crie, dans une demi-hystérie très étudiée : « Quelle émotion ! Quelle émotion ! » tandis que nous nous enfonçons dans le réseau d'égouts transplanté, jusqu'à la moindre trace de vert-de-gris et jusqu'au moindre rat, des décors hollywoodiens de la version en Technicolor du *Fantôme de l'Opéra*.

Même dans les caves décorées avec la panoplie complète des prétendus romans pour la jeunesse d'Alcott, Jacqueline se croit obligée d'enfiler commentaire sur commentaire. Le mot « adorable » jaillit de ses jolies lèvres en un jet continu de guirlandes de clinquant, de crécelles de mauvais bois barbouillé de jaune d'aniline ou de moulinets faits avec du papier et du roseau frais qui, quand on le mâche, a encore le goût du limon de la rivière. Jacqueline vous entraîne depuis les caves jusqu'aux greniers, comme porté sur des tapis volants que le talent de Reagan vous aurait mis dans le sang par une espèce de persuasion magnétique qui vous prend sans que vous puissiez vous en défendre. Jacqueline parle de ses luttes pour obtenir que le palais fût construit selon les plans de Walter P. Reagan, face à l'opposition viscérale de sa belle-mère.

Si je vous disais, si je vous racontais tout ce que je sais, tout ce qu'il m'a fallu entendre.

Mais aujourd'hui elle est heureuse, quand elle pénètre dans la pièce du plaisir hivernal et skie soudain sur une pente illimitée, à la vitesse, avec l'adresse d'un Toni Sailer. Moi-même, rapide et adroit, je la fais, cette descente, moi qui n'ai jamais chaussé de skis, sauf contraint et forcé, quand je poursuivais James Bond, comme chacun sait, lors de l'épisode littérairement falsifié dans *Au service de Sa Majesté*. Si tous les gens qui poursuivent Bond savaient ce que je sais, ils n'auraient pas de mal à trouver une explication à sa fuite apparemment miraculeuse.

Chaque connexion vitale du palais est une merveille qui conduit au talent supérieur de l'architecte programmateur : l'incommensurable Walter R Reagan. À dix-huit ans, il surprenait déjà l'opinion spécialisée par son projet de palais pour les Kennedy. En pleine adolescence, ses relations dans la bonne société lui avaient ouvert les portes kennédystes et avaient rendu possible ce qui fut qualifié en son temps de projet le plus ambitieux de l'architecture américaine depuis la construction des montagnes Rocheuses.

L'examen de son projet et la lecture de son scandaleux manifeste : *Pour une conception végétale de l'architecture*, donnent une idée de l'absolu maximalisme de Reagan par rapport à ses collègues de la même génération. Reagan rompt les barrières qui séparent l'architecture de la cosmologie et de la poésie, comprise comme une *poiêsis* englobant tous les arts. Le simple nom de *palais des Sept Galaxies* est déjà de la poésie, si l'on sait que son véritable nom devrait être le palais des Sept Planètes. Sept sphères en alliage de différents métaux tournent en un mouvement de translation et de rotation autour d'un axe propulseur, unies les unes aux autres par des communications tubulaires qui leur donnent l'apparence d'un système planétaire, reproductible à partir d'un moule. Chacune de ces sept sphères remplit une fonction à l'intérieur de la complexité vitale de la grande famille Kennedy. Fin connaisseur de toute l'histoire de l'architecture psychologique, Reagan a devancé son désir de mimétisme et a obtenu des tensions mimétiques intégrées qui produisent des décors au gré des travestissements mentaux des gens. Il n'en néglige pas pour autant l'aspect formel et prétend que cette forme extérieure est un moment de transition quasi imperceptible, une subtile frontière entre l'histoire de l'immense autre et l'histoire de l'en dedans. « Il y a une histoire de l'en dedans – dit Reagan – dont il faut tenir compte dès lors qu'on veut mettre en place l'intériorité. » Les tensions dialectiques fondamentales entre tradition et révolution impliquent une grande tension dialectique (la *dolein*) qui met en rapport entre elles les tensions de secteur et de niveau (*dolein alfa* et *dolem sub*). En conséquence de quoi, la déduction d'une ligne de programmation se fondera sur un ensemble complexe de perceptions historiques allant du général au familier en passant par le structurel. Selon Reagan, le parfait architecte serait Dieu, ou un dieu : « Le parfait architecte serait Dieu, mais comme, au moment de faire le plan de quelque chose d'habitable, il est très difficile de l'avoir sous la main, il faut le remplacer coûte que coûte. L'architecte qui se rapprochera le plus d'une connaissance *presque totale* du moment historique (*sadorein*), qui ne sera jamais la connaissance absolue, est celui qui pourra se rapprocher le plus de la solution la moins imparfaite. » En conséquence de quoi, Reagan s'en sort avec un projet de formation professionnelle carrément intenable, qui ferait d'un architecte un savant, à la manière dont l'entendait l'humanisme de la Renaissance, mais avec un niveau de connaissance, une diversification et une profondeur appartenant au temps présent. « Si le fait est que l'architecture est incapable de donner la réponse le plus exacte possible aux besoins découlant de chaque programme de vie, mieux vaut ne pas en faire. Le *cogitus interruptus* est préférable à l'évidence de l'échec dans les limites de l'effort. Il est préférable, donc, de proposer aux gens d'habiter sous les ponts ou sous les étoiles, avec pour décor la seule nature. »

D'après Jacqueline, qui lit beaucoup de magazines de vulgarisation sur la question, son maximalisme a valu à Reagan une pluie de critiques. Wallace Ivens lui-même les reprend dans une exégèse reaganienne récemment publiée : « Reagan a commis l'erreur de se laisser entraîner par une logique culturelle correctement engagée, qui, à partir d'un certain point, renonce à l'histoire pour se transformer en programme volontariste éthico-esthétique. Il est très difficile d'envoyer l'Humanité tout entière subir les intempéries, non plus à cause de l'incapacité de quatre-vingt-dix pour cent des architectes, mais à cause de l'insuffisance de leur capacité. Et pareillement c'est à déconseiller si le fait est dû à des conditionnements économiques qui découlent de notre impuissance ou d'une organisation sociale incorrecte. »

Jacqueline est très consciente des excès de ce très compliqué *enfant terrible*[1].

– La revue des anciens de Harvard a dit que Walter et moi avions flirté l'année dernière à Noël. Qu'est-ce que vous en pensez, vous ? Non. Non. Il n'y a rien eu entre nous. Nous sommes bons amis, voilà tout.

Le port d'attache vital de Walter P. Reagan est un guadiana perpétuel. Déçu par les approbations immédiates et peu réfléchies de ses théories, Reagan ne s'est pas jeté pour autant dans les bras de tous les prophètes de la contre-culture que son pays fabrique sans désemparer pour fournir en attractions amusantes la forte demande de la population cultivée excédentaire. Reagan a dirigé pendant quelque temps un plan de remembrement territorial en Guyana, sous le mandat du docteur Jagan. Mais à la chute des *mariés rouges*, il s'engagea sur une route aventurière qui disparaît en Thaïlande pour réapparaître au Népal ou à Acapulco. Issu d'une excellente famille de Boston remontant au *Mayflower*, Reagan peut s'offrir le luxe de la conséquence et de la persévérance dans la conséquence. Ce qui n'empêche qu'il s'en trouve pour le traiter d'« architecte de salon bouffé par l'appétit vorace de minorités cultivées et sensibles ». Non que Reagan eût jamais regardé cette clientèle de haut, mais, sur le terrain des intentions, il est possible qu'il l'ait toujours méprisée. « Le monde – *op. cit.* – devrait être réorganisé par les architectes. Son aspect est le langage de son impuissance et de sa confusion. En améliorant son

1. Les mots et les citations en italique suivis d'un astérisque sont en français dans le texte. (*N.d.T.*)

aspect, sans doute améliorerait-on son histoire. Non, pas *sans doute* : je peux le jurer sur les Tables de la Loi. » Le changement d'aspect (*sundergrafus*), selon Reagan, ne doit pas être sectoriel : « De même que la lutte des classes ne peut pas avoir de *happy end* sectoriel, mais bien international, de même la réorganisation cosmologique restera contradictoire tant qu'elle ne sera pas universelle. Je ne me cache pas les degrés d'utopie que contient une telle proposition qui doit passer par la constitution non plus d'un pouvoir architectonique universel, mais par une fixation préalable du besoin qui amènera ce pouvoir. Le besoin existe, mais à la conscience de ce besoin s'opposent de puissants intérêts économiques et politiques qui ne veulent pas se risquer dans un processus révolutionnaire, quel que soit le niveau où il se situe. Pourtant, de plus en plus, la réorganisation cosmologique est un fait irrémédiable. La collectivité humaine accordera une importance croissante à la préoccupation écologique. Une fois ce besoin formulé, qu'on le veuille ou non, il faudra bien le satisfaire, avant qu'il devienne évident pour la conscience universelle que le frein en est la représentation établie. Les pouvoirs établis préféreront transiger dans la révolution cosmologico-architectonique plutôt que dans l'autre. Ce qu'ils ignorent, dans leur petitesse philistine, c'est que les niveaux et les secteurs sont réunis par un élastique qui les fait entrer dans un jeu d'actions et de réactions en chaîne. De la même manière qu'une pomme pourrie contamine le reste du sac, la vérité écologique conduit à la vérité historique. »

Kennedy connaissait Reagan depuis l'adolescence. Il avait toujours gardé pour le jeune homme une certaine façon à part de s'adresser à lui, des espérances fondées sur son génie. Jacqueline raconte que, lorsque Walter lui montra son projet de palais, Kennedy remarqua :

– Si je me faisais construire un palais comme celui-ci, nous aurions le premier coup d'État de l'histoire des États-Unis.

– C'est bien ce dont il s'agit, lui répondit Reagan, qui est antipossibiliste en politique, en religion et en mathématiques.

La brutalité du commentaire ne refroidit pas les rapports entre les deux hommes et ne fit pas non plus avorter le projet, en dépit des résistances de Rose.

– C'est ce que j'appelle péter plus haut qu'on n'a le derrière. L'argent va manquer et ce sera au vieux Joe de payer, et moi, il y a un tas de choses qu'il me faudrait, et je m'en passe depuis la Grande Dépression.

La ténacité de Jacqueline vainquit tous les obstacles et le palais fut inauguré deux semaines après l'entrée en fonction du président. Pour sauver les apparences, les Kennedy font semblant de vivre à la Maison-Blanche. L'existence du palais passe inaperçue parce que Reagan n'a reculé devant rien et l'a suspendu dans les airs, dissimulé à la vue par une substance gazeuse et superfroide qui rend transparent le corps matériel de la construction. Le petit John-John n'arrête pas de se faire gronder parce qu'il passe ses journées, entre autres, à verser des liquides inavouables sur la grosse caboche de la Maison-Blanche ; vue sous une efficace perpendiculaire depuis sa chambre du palais des Sept Galaxies.

Les cours d'aptitude n'avaient pas été désagréables. Plus désagréable le processus de la première métamorphose, mais davantage à cause d'un bagage psychologique insuffisant que d'actes et d'effets en découlant. Les premiers jours du traitement d'individuation me déprimèrent. Je fis la bêtise de ne pas en parler au docteur, en dépit des conseils que m'avait donnés au départ Mr Phileas Wonderful.

J'opposais toujours une certaine résistance mentale aux phrases répétées continuellement par le haut-parleur de mon étroite bouteille. Je ne voulais pas le croire : *Tout le monde, le matin, est comme la veille au soir*, disait la voix nasillarde, et je craignais une conspiration globale pour me modifier.

Pendant trente jours, je restai dans cette bouteille, immergé dans le liquide mauve. Tout se passa comme prévu. Au bout de vingt jours, j'éprouvai une sensation de chosification. Comme si la bouteille ne contenait plus que du liquide et comme si j'étais devenu liquide, moi aussi. Deux jours plus tard se produisit la réaction attendue : je sentis naître en moi un noyau qui projetait ses racines, un triple cœur et un triple cerveau qui grandissaient à l'unisson au centre de ma toute-puissance. Je me sentis fort et seul, ma force et ma solitude unies dans un rapport logique.

Pendant les cours théoriques, on nous avait raconté jusqu'au martyre l'histoire du pionnier de l'individuation. Un autodidacte japonais qui avait conduit sans succès l'expérience, mais avait entrouvert pourtant une très intéressante porte. Enfermé dans un appartement inoccupé, complètement vide, après élimination complète, à l'aide d'un aspirateur, des derniers moutons, nu, immobile, il était parvenu à survivre trois mois sans rien avaler. Mais ses cris et une étrange puanteur d'oxyde avaient fait interrompre l'expérience.

Le professeur, armé d'une grande règle, montrait sur le tableau les trois erreurs fondamentales de l'expérience avant-coureuse :

A) Non-identification entre milieu ambiant et aliment physique. On y remédie actuellement par l'immersion totale dans un liquide fœtal.

B) Absence de préparation psychologique. Pour combattre l'afflux de *pensées* (au sens négatif), le précurseur se répétait continuellement des fragments du Petit Livre rouge du président Mao. C'est ce qui avait conditionné, fondamentalement, la non-obtention d'une léthargie gratuite totale.

C) Non-adaptation de l'espace choisi à l'enfermement et au processus d'individuation.

Chester B. Whole perfectionna l'expérience. Aussitôt s'ouvrirent des clubs d'individuation accessibles aux seuls millionnaires et militaires de carrière. Heureusement, une convention de Genève parmi d'autres recommandait de réserver l'individuation à un nombre limité d'êtres humains, et ce à partir de critères professionnels : agents secrets, hommes politiques, cardinaux, sociologues de l'urbain, logico-mathématiciens, chanteurs d'opéra, acrobates, sourds-muets et membres de sociétés secrètes.

Pourquoi la musique de Casals ressemble-t-elle toujours à un adieu ?

Un adieu rabbinique. De rabbin digne mais astucieux, obligé à la diaspora. Et entre les cylindres, le chant du rabbin atteignait une couleur appropriée, dans le cas, douteux, où il existerait des couleurs appropriées. Quelqu'un m'avait dit un jour que les bruits faits par Bach sont la manifestation de l'infiltration de la bourgeoisie dans la superstructure. En apesanteur, dans la consistance de l'apesanteur, il est beaucoup plus facile de ressentir sensuellement des conventions linguistiques telles que *pathétisme* ou *grandeur*. L'esprit met en place ses cellules en vue du prochain viol. Un jour, la biologie découvrira leur cachette en peaux à chair vive, les cultivera comme des perles japonaises. Ou les supprimera définitivement, selon ce que conseillent les statistiques prévisionnelles. Nul ne sait de quels canaux provient ce sang spécial indispensable au viol de l'esprit. On en reconnaît les symptômes : les sphincters se resserrent, la poitrine explose, on s'enfonce dans une émotion simiesque. C'est le trémolo de la supplique. Supplique rabbinique, s'entend. J'ai vu de mes yeux la montagne, la montagne qui tue les avions anglais. Je l'ai vue émerger par-delà les abîmes du Sitjar, où tombaient des vaches de coûteuse provenance, y compris des vaches très aptes à une congélation *sine qua non* dans la planification de la Chaîne du Froid. Mais sous la supplique rabbinique palpite le petit orgueil du *boy scout*. Je le jurerais. Même les échappées, les chutes fugaces du ton conservent une étroite relation avec les jeux du scoutisme, qui vous forment un homme. Et la grandeur. Oh, cette grandeur gâchée en titres de noblesse. La légende des siècles ! Mon Dieu, quelle honte.

Comme un cocktail gin-vodka, comme un *white*

angel servi par un barman un peu chauve, un peu pédé, nommé Truman Capote. C'est une invitation à l'épopée. L'art tout entier est une invitation à l'épopée. Il arme les mains et les épines dorsales, il désarme les braguettes. Piège sublime, entremetteur de la prétendue dignité humaine. Mais moi, j'ai un pistolet sous l'aisselle, j'en aurai toujours un. Je tirerai jusqu'à la dernière balle sur tous les porcs qui chercheront refuge dans la pourriture de la dignité collective de l'espèce. Sur quel aveuglement croît cette dignité pourrie ? Qui mesure son poids et sa qualité ?

Je voudrais ne jamais bouger de cette parcelle du néant. Je voudrais qu'on me joue toujours cette musique, que ce vieil homme dévasté par l'histoire et par son continent sémantique la joue toujours pour moi. Ce n'est pas vrai, tous les paysages ne sont pas bons pour les adieux, toutes les mélodies ne sont pas propices au souvenir. Je veux cette mélodie à mon dernier adieu. Quand circuleront dans nos veines les bathyscaphes de Bacterioon et que le sort en sera jeté, quand toute l'épopée aura acquis sa contingence finale. Oh, alors j'installerai deux chaises pliantes à l'intérieur de mon cerveau ensanglanté, à mes risques et périls, je m'assoirai à côté d'un pontife de la dignité humaine, peu importe lequel. Je le giflerai, dans un parfait interrogatoire qui ne conduira, pour toute certitude, qu'à l'acte même d'interroger d'impossibles réponses. Le tout dans une alternance de morosité et de précipitation : proches seront alors les bathyscaphes de Bacterioon. En vain essayera-t-il de se situer de ce côté-ci du paradis ou de l'autre. L'ivoire et la rouge effilochure des alvéoles l'atterreront. Alors je veux cette musique, celle-là même, toute, tout entière. Alors je lui crierai que voilà bien la dignité collective de sa maudite espèce : un ensemble de bruits avec un succès conventionnel qui n'existerait pas sans le petit jeu culturel.

Et le pontife pleurera, d'horribles morves jaunes pendront sur sa moustache pacifiste.

En vain essayera-t-il de se lever.

Mes chaises m'obéissent. Et puis, tout sera désormais inutile. Déjà, aux frontières du sang, apparaîtront les proues de Bacterioon.

Les clairons électriques annoncent précisément l'heure du dîner dans la cinquième galaxie. Jacqueline se fait un devoir de distribuer le carton olfactif du menu : gâteau de chou, filet de porc à la moutarde et *mousse** au chocolat. Elle dut remarquer ma moue dégoûtée quand elle en fut arrivée au chapitre des vins car elle m'interrogea, un peu inquiète :

– Vous n'aimez pas le vin de Monterrey ?

– Le clairet a une saveur trop acidulée, il ne va pas bien avec le porc.

Jacqueline se mit à pleurer :

– Ethel, c'est de sa faute ! Elle donne toujours des ordres absurdes au maître d'hôtel. Dans cette maison, je suis un zéro à gauche.

Je compris que je n'étais pas loin de provoquer une rupture entre les deux belles-sœurs et je fis l'éloge des qualités du monterrey avec le gâteau de chou, surtout s'il lui avait été donné un *bouquet** final un peu boisé. Le chagrin de Jacqueline en fut soulagé, mais pas encore assez. Pendant toute la soirée, elle n'eut de cesse qu'elle n'eût mon avis sur tous les plats et sur chacun de leurs ingrédients.

– La sauce est réussie ? Vous ne trouvez pas qu'il y a trop de crème et que le goût de la moutarde est masqué ? Et les pommes ? Le cœur a été bien vidé ?

J'approuvais avec un enthousiasme croissant. En partie parce que j'entrais avec plaisir dans les saveurs du dîner, en partie parce que je percevais l'animosité de Robert Kennedy, conséquence de la sollicitude dont faisait preuve Jacqueline à mon égard. Par ailleurs, et en dépit de mes sourires, le maître d'hôtel commençait à me haïr et nul n'ignore l'instinct meurtrier qu'ont les maîtres d'hôtel ; y compris les maîtres d'hôtel des meilleures familles.

Robert Kennedy en rajoutait dans le côté antipathique qui lui était coutumier. Soigneusement décoiffé, bien tracées les rides artificielles qui accentuaient son âge politique et son sourire publicitaire, il conversait avec l'ambassadeur soviétique et, de temps en temps, tous les deux me regardaient dans un concert d'ironie. Tandis que nous mangions, le fils aîné de Robert Kennedy lisait des passages du Livre des Rois. Quand il en arriva au couronnement de Joas à sept ans, de joie, Caroline battit des mains.

L'ambassadeur profita de la fin du dîner pour s'approcher de moi et me dire à l'oreille :

– Gardez-nous le président. Le sort de l'Humanité est entre vos mains.

Robert Kennedy dut l'entendre, ou bien était-il prévenu du message, car il me lança un regard appuyé. Je m'assis à côté de lui, devant la cheminée (en plein été, dans le palais des Sept Galaxies, on crée un climat intérieur hivernal pour justifier les feux dans les cheminées). L'ancien ministre de la Justice me demanda d'un geste de regarder son frère. J. F. Kennedy lisait à toute vitesse, selon son habitude. Les pages défilaient devant lui comme mues par un mécanisme automatique synchronisé avec ses yeux. En une demi-seconde, il lisait une page de Hemingway, et en deux, une page de la *Critique de la raison pure*. Les jours de particulière bonace mentale, il pouvait lire trois livres simultanément.

– Comme saint François de Sales, remarqua Robert, qui ne lisait jamais rien.

Soudain, le président se leva et s'avança vers la porte. Je me mis dans son sillage, bien décidé à ne pas le laisser seul un instant, le regard de l'ambassadeur vissé sur ma nuque. Mais Robert et Edward me sautèrent dessus, me plièrent les bras dans le dos et me firent tomber à terre. Ils me cognèrent sans faire de détail jusqu'à l'extinction des lumières. Une nouvelle fois, on entendit le violoncelle de Casals, dans une clarté pénétrable, un mur devint transparent. Derrière le verre, on apercevait la masse aquatique d'une piscine privilégiée. Une douzaine de beaux poissons multicolores traversa la vitre. Derrière, John Steinbeck et Nelson Algreen, en costumes d'hommes-grenouilles victoriens. Le *Magnificat* s'amplifiait. Je craignais le pire. Tous mes os me faisaient mal. Edward Kennedy était toujours assis sur mon dos et un des pieds de Robert m'appuyait le cul contre le sol.

Un oh ! total sortit de toutes les gorges.

J. F. Kennedy passait devant la vitre dans une brasse parfaite. Il portait un costume d'homme-grenouille plein aux as.

Edward Kennedy me prit dans ses bras, enthousiasmé, et m'embrassa sur la tempe.

Apprendre à tuer, c'était le plus difficile.

Les hésitations, disait le professeur, viennent en général d'une répugnance non pas naturelle, mais culturelle. Le professeur n'était pas allemand, comme vous auriez pu le supposer. C'était un ancien horloger suisse qui avait acquis son savoir dans l'observation directe de la nature.

– Tuer est un acte instinctif, vitalement logique. Par la suite, les inhibitions se chargent de l'adultérer. Les inhibitions se déguisent sous une couche de moralité. Mais en réalité, il s'agit de répugnance envers la réalité formelle toute bête, discréditée par une longue éducation de votre vision. Rappelez-vous la première image de la mort que vous avez fixée dans votre cerveau ; Caïn, sans doute très laid, avec une énorme mâchoire d'âne dans la main. Abel, imberbe, blanc, gisant. Après, la littérature, le cinéma, tout, tend à discréditer la mort, même si, proportionnellement parlant, elle est vue d'un bon œil quand c'est le héros qui la donne. Vous remarquerez que le méchant tue sans frein, sans limites. Au contraire, le carnage que fait le héros est toujours justifié, éthiquement et esthétiquement. La mort a pris un caractère ultra : soit épique, soit honteuse. Vous vous apercevrez, au cours d'une vie professionnelle que je vous souhaite longue, que la mort n'est pas autre chose qu'un geste heureux.

La théorie du geste heureux présidait aux cinq heures de cours hebdomadaires consacrées à l'art de tuer. Présidait aussi, à mes irrégulières conversations avec Wonderful, le directeur de l'école, toujours si aimable avec moi. Les cours pratiques furent, au commencement, usants pour les nerfs. Nous débutâmes avec des mannequins de chiffon, nous finîmes avec des cobayes humains véritables ; exercice de fin d'année. Nous commençâmes par apprendre à tirer, à poignarder, à étrangler avec la cordelette hindoue. Après, nous pouvions introduire des variantes dans nos exercices. On parla beaucoup de ma version de l'étranglement hindou qui consistait à remplacer la cordelette par la chaîne d'un *water closet.* Assassinat *in situ,* avec du matériel de fortune, déclara le professeur, que n'aurait pas mieux exécuté le malheureux Orestes Docali.

Mais tuer à main nue, c'était ce qu'il y avait de plus difficile. Le corps humain a vingt-deux points mortels. On peut les atteindre en y portant un coup ou par la prise. La main, si elle est experte, peut s'enfoncer dans les tissus adverses, attraper le nœud de la vie et tirer dessus jusqu'à ce qu'il se déchire. Les ennemis meurent alors avec une propreté parfaite, les yeux fermés, les lèvres aussi, sans cette mimique qui culpabilise l'agresseur. Ses bras se replient, ses paumes de main se tendent pour vous repousser, mais sans vous toucher. C'est un peu comme la preuve par neuf. Si on obtient ces gestes-là, c'est que l'exécution a été parfaite.

Il est très important de s'éloigner du cadavre sans le regarder. C'est un mort que tu oublieras vite si tu évites le doigt du remords.

D'abord nous tuâmes des mannequins, de parfaites reproductions humaines. Nous leur donnions des noms humains. Nous vivions avec eux. On nous injectait des drogues de l'affection, nous les aimions bien. Un jour nous parvenait l'ordre de tuer, en code : chaque signe traduisait un geste.

Tuer des êtres humains véritables demandait un savoir-faire plus psychologique que manuel. C'étaient des Méridionaux du monde. Je ne sais pas si ce concept est suffisant. Le Sud se caractérise presque partout par la moins-value objective de sa population. Le Sud est toujours une référence géographique relative, parce que le Sud est toujours le Nord d'un autre Sud. Mais quel que soit le Sud, m'avait fait observer Mr Phileas Wonderful, il est toujours humainement dégradé par rapport à son Nord de référence.

Ils savaient où ils mettaient les pieds.

Ils se laissaient faire en échange d'une assurance sur la vie. Aucunement individualisés, ils étaient un passage obligé, sentimentalement parlant, pour qui les conduisait à un sacrifice aussi total. C'étaient de vieux chiens sans race, au nez humide et aux yeux dépeuplés. C'étaient des rien du tout mais ils se faisaient payer cher leur dernier travail, tant et si bien que notre trésorier se plaignait de la hausse des prix et appelait souvent de ses vœux la mise en place d'un système autorisé, comparable à celui des razzias d'esclaves ou de la liquidation scientifique des prisonniers.

Ensuite, devenu professionnel, tu dois tuer sans arrêt. Alors tes victimes se défendent, certaines en savent aussi long que toi.

C'est ce que disait le vieux Wonderful le jour où nous fêtâmes son départ à la retraite.

– Dans notre métier, on apprend tous les jours quelque chose.

Wonderful a cumulé jusqu'à dix contrats de deux ans. C'était l'agent secret le mieux payé, et il le méritait largement. C'était un monsieur dans une profession où il y a tant de traîne-savates. Il sut économiser pour ses vieux jours, ce qui est la suprême sagesse d'un bon agent secret. Même s'il faut avouer qu'on doit avaler pas mal de couleuvres dans ce métier, la pension de retraite n'est pas mauvaise et les ristournes de l'intendance, importantes. L'autre jour, sans aller chercher plus loin, j'ai pu acheter un sommier pour cinq dollars.

À la cour des Kennedy cohabitent des eunuques dalmates – qui chient de peur sur les sables de Long Island –, des cochers de fiacre de Nanterre, des cuisiniers suisses (excellents), un ambassadeur soviétique, des *pom pom girls* de Californie, des veuves de cinq guerres mondiales, deux objecteurs de conscience australiens, un champion du monde de ping-pong qui a apporté sa table préférée, trois vendeurs de chemises pédés qui font chambre à part, un gaucho empaillé par Ted (précoce taxidermiste depuis que Rose lui a offert une panoplie complète le jour de sa première communion), un pelotari basque avec des sourcils qui se rejoignent, une demi-douzaine de chanteurs sucrés comme un *milk-shake* à la vanille, deux vieux marins amoureux de deux énormes sirènes de Syracuse, dix défenseurs des droits civiques avec chacun son défendu, un *sheriff* méchant, deux *sheriffs* gentils, un batteur de jazz tuberculeux qui se masturbe dans tous les cabinets de Boston, un agriculteur abyssal spécialisé dans la greffe d'algue Rosalind, un châtreur de mites, un poète lettriste qui grince quand il marche, une vierge samoyède qui s'est perdue au pôle Nord, une doctoresse espagnole spécialisée dans les zones érogènes, deux chanteurs de jazz avec un cancer de la gorge, un milieu de terrain du Manchester United et un ailier droit du Manchester City, un philosophe allemand spécialiste de lui-même (sa femme le précède dans les couloirs en demandant de se taire aux gens qu'ils croisent), deux présidents de comité de quartier d'Ankara, un cousin germain de Hitler, qui lui ressemble beaucoup d'allure et dans l'intonation spéciale qu'il donne au mot *spatule*, un météorologue, un dompteur de poules, un dentiste florentin, des princes nains abandonnés dans des boîtes à ordures, un champion de parties d'échecs simultanées, le traducteur d'Oscar Wilde en ukrainien et la vraie princesse Anastasia, l'ultime carte que l'Occident se réserve de jouer pour réclamer le trône de l'U.R.S.S., une seconde avant l'agression nucléaire.

La première fois que je parlai avec Kennedy, ce fut au pied de la statue de Lincoln. La promenade du président consiste le plus souvent à tourner autour de la statue, suivi de ses douze assistants noirs, qui évoluent avec la perfection des *boys* d'Ethel Merman. C'est là que je fus présenté, de la main parrainale d'Allan Dulles, sempiternel mangeur de bananes que lui envoie dans des caisses spéciales l'agence de la United Fruit Company au Guatemala. Le président refusa de partager la banane que lui offrait Dulles et se composa un sourire de photographie de *Life*. Non pas de photographie pleine page, non plus de photographie sur deux colonnes. C'était plutôt un sourire de petite photographie, de ces petites photos sans légende qui accompagnent souvent le chapeau d'un article kennédyste dans un magazine féminin et kennédyste. Le sourire J. F. K. était un sourire pour ce genre de petites photographies tramées, photographie de coin de reportage, volontairement mise dans le coin pour en faire ressortir l'humilité expressive et attirer la sage attention des lecteurs fouille-coins où peut se déguster de l'information qui a un véritable *human interest*. C'était un sourire de père qui porte son fils sur les épaules ou de jeune, marié qui se tourne vers la jeune mariée et met dans l'éclat de ses yeux des lueurs de coucher de soleil à Majorque, pas très loin les humbles arbres habituels de l'humble photographie de coin propice, pas très éloigné non plus l'étang aux eaux délicieusement pourries avec l'humilité qui sied aux eaux pourries, avec des lotus en odeur de crapaud et un petit bateau en papier abandonné par un enfant engagé par le Département d'État pour abandonner des bateaux de papier sur des étangs aux eaux pourries, non loin de présidents des États-Unis susceptibles d'être photogéniques, surtout avec cette photogénie spéciale des photos de coin de *Life*, tramées, avec brume artificielle.

J. F. K. sourit à Allan Dulles, disais-je, et Allan Dulles aussi sourit. Son sourire à lui était l'un des plus molotoviens que j'aie vus de ma vie, y compris celui de Molotov. Quand Molotov souriait, les cameramen de Hollywood filmaient au téléobjectif, parce qu'ils savaient combien ses sourires étaient appréciés pour le montage de films anticommunistes. Le sourire de Dulles était molotovien, à tel point que les cameramen soviétiques ne le filmaient jamais pour ne pas faire de contre-propagande. Dulles mangeait des bananes avec une grossièreté agaçante. La réaction présidentielle ne se fit pas attendre. Kennedy fit sauter sa banane d'un revers de main qui l'envoya, convenablement déglinguée, percher sur le nez aquilin de Lincoln. Allan Dulles se mit en garde, son bras droit bas, le gauche menaçant son rival. Peine perdue. J. F. K. fit semblant de lui taper dans le foie avec son poing droit, et au moment où Dulles se couvrait, un gauche présidentiel à tout casser arrivait jusqu'au nez adverse.

Le vieillard s'assit en sanglotant sur les escaliers. Il gémissait et jurait que si son frère aîné avait vécu, le président n'aurait jamais osé aller si loin. Kennedy cita deux vers de Tennyson qui ne rimaient à rien, comme s'il récitait un mauvais scénario de la Paramount dans les années quarante. Allan Dulles sortit un bréviaire de sa poche et chanta quelques psaumes de David. Ce fut alors qu'Edgar Hoover reprit à son compte l'affaire de ma présentation et remplaça Dulles dans le rôle du parrain. Kennedy me donna une poignée de main. Quand je lui dis que j'étais espagnol, le président récita un vers et demi du *Libro de Buen Amor*. Il changea aussitôt de sujet et voulut me démontrer son complet désaccord avec Pérez de Ayala dans ses attaques meurtrières contre Cejador.

– Cejador est un honnête homme.

– Sauf votre respect, lui objectai-je, la littérature crève des critiques qui ne sont que des honnêtes hommes.

– L'honnêteté est une grande chose.

– Mais ce n'est pas grand-chose quand il s'agit de critique littéraire.

Le président insista sur le fait qu'actuellement la critique littéraire ne dépendait plus que de l'honnêteté de la critique, d'une part, et de l'intelligence accumulative du critique, de l'autre. L'échec de la méthodologie critique est évident, insista Kennedy.

– Il est clair, ajouta-t-il, que pourrait s'avérer du plus haut intérêt une synthèse entre la critique idéologique et les abstractions et généralisations obtenues par la rudimentaire néo-stylistique, compte tenu du fait que...

La pâleur du président nous révéla la surgie d'un affreux lapsus que corrigea immédiatement un de ses *boys* noirs avec les yeux fermés...

– ... compte tenu du fait que les conquêtes de Leo Spitzer et de ses gars pèchent par trop-plein de timidité devant la domination de la critique idéologique pendant la période de l'entre-deux-guerres. Je suis...

Mais déjà le président avait repris le fil et poursuivait d'une voix sympathique, volontairement défaillante tant elle était étranglée...

– ... avec le plus grand intérêt les vains efforts du structuralisme pour parvenir à la création d'une science littéraire. Le structuralisme est un vain effort néo-positiviste, qu'a choisi le capitalisme impérialiste pour frapper la pensée marxiste au coin de l'idéologie. Et surtout pour enlever des voix au Parti communiste français, les voix des *normaliens** de gauche et celles de toute la petite-bourgeoisie intellectuelle en général.

La malice du président m'ouvrit les yeux sur ce qui devait m'être confirmé quelques jours plus tard. Un des secrets les plus jalousement gardés par la C.I.A. est qu'il existe une école de formation d'agents structuralistes, infiltrés par la suite dans les universités européennes. L'un des plus grands succès remportés par ces agents a été l'attaque cardiaque qui a frappé Pierre Vilar quand un étudiant américain lui a affirmé que Marx avait fait rater, et par conséquent usurpé, l'éventualité conjoncturelle d'un autre Marx plus intelligent et plus marxiste que lui ; toutes les conditions étaient réunies pour sa venue.

Cette découverte ne fut pas la seule à me confirmer la totale efficacité du *trust* de cerveaux qui entourait Kennedy. Vivre dans l'atmosphère proche de Kennedy, c'était comme vivre à la cour sicilienne du grand Frédéric arabisé. Si Frédéric le Grand se coiffait d'un turban et adoptait les coutumes arabes, Kennedy était un collectionneur passionné d'informations de toute sorte sur la personne de Fidel Castro. Khrouchtchev, c'était une autre chanson. Mais avec Castro, c'était leur jeunesse, leur *sex appeal* qui entraient en compétition. Kennedy se regardait dans le miroir que lui avait offert la Bégum et demandait chaque soir :

– Miroir, mon beau miroir, suis-je le plus beau de tous les présidents ?

Et le miroir répondait :

Ça dépend. Pour l'Amérique latine, le plus beau est toujours Fidel Castro.

Kennedy, plus retors que la belle-mère de Blanche-Neige, se gardait de répondre par un hurlement de colère. Il souriait avec deux gouttes de mélancolie à la commissure des lèvres, et passait sa main sur son glabre menton, dans une pose venue tout droit de la couverture de son ouvrage : *Profiles in Courage*. Il rêvait d'invasion des États-Unis par les impérialistes du Costa Rica. Alors, Kennedy, avec douze des siens, s'enfuirait dans les montagnes Rocheuses et organiserait la reconquête des États-Unis par le peuple. Il se laisserait pousser la barbe, comme Castro, et comme Castro improviserait un discours aussi clair et net que *l'Histoire m'absoudra*. Nous verrons comment le talent de Walter P. Reagan réussissait périodiquement à satisfaire le rêve de Kennedy.

Très tard, au moment de s'endormir, il comprenait que le menton rasé est au système démocratique capitaliste ce que les sourcils froncés sont au stalinisme, et il en était consolé. Il récitait trois *Notre Père* à frère Junípero Serra et livrait sa cuirasse humaine à la poisseuse et obscure vapeur de la nuit.

Champollion, me disait Lady Bird, *c'est vrai que remuer les oreilles non dispuye la troûte dure dar carnavaco dominodo? Do yon der tupe darianai do poyo. Do yon dai fago dure troûte chita. Sai, Sai, la sota direta!*

Jacqueline écrit des poèmes en français. À plusieurs reprises, elle a voulu me les faire lire, mais son intention initiale s'est arrêtée en chemin, sans doute n'inspiré-je pas confiance en tant qu'aimable lecteur. Je crains que mon impassibilité n'ait pas été aussi totale que je le croyais. Peut-être a-t-elle vu dans mes yeux la pointe du stylet du scepticisme. Jacqueline est timide, elle n'est pas très brillante, même si son anglais a le ton de cet anglais qui sert à dire des choses brillantes. Elle vous laisse le bec dans l'eau, comme Lady Churchill, que j'ai escortée pendant son séjour aux Bermudes en 1959, tout au début de ma carrière. Lady Churchill est le continent de l'aplomb, comme une fausse peau sur la chair de l'irrésolution.

Le langage de Jacqueline ne cadre pas avec le reste. Ses sourcils, son intonation, ses sourires, les gestes qu'elle fait pour demander la parole promettent des étincelles. Or, de ses lèvres ne sortent que les cinquante pour cent linguistiques restants, médiocres, éteints, non dépourvus d'une certaine grâce que leur donnent sa sensibilité et une bonne dose de sentimentalité pervertie.

Je suis un bon observateur du langage global de l'être humain. Plus d'une fois, la terrible éloquence du silence de mes ennemis m'a sauvé la vie. Chez Jacqueline, il me restait un petit tant pour cent à déchiffrer. Je connaissais les composants linguistiques des gosses de riches de la Nouvelle-Angleterre, également le langage conventionnel d'une jeune Américaine naguère iconoclaste, non dépourvue d'ambitions artistiques, le conditionnement de ses yeux pas très grands et trop écartés (c'est pour cette raison que le sourire de Jacqueline est beaucoup plus oral et labial qu'oculaire), le stanislavskisme de sa colonne vertébrale et de ses bras ballants, dont Elia Kazan a imprégné le langage culturel de l'Américain sensible. Mais il y avait une petite zone obscure dont le sens m'échappait. C'était ce suçotement de la lèvre supérieure sur la lèvre inférieure alors que la bouche se distend comme dans un sourire de canard ; Jacqueline utilisait ce signe quand elle faisait de l'ironie, ou qu'elle voulait être d'une grande précision descriptive, c'est-à-dire lorsqu'elle atteignait les brillants sommets du délire. Quand elle m'a dit aujourd'hui qu'elle écrivait des poèmes en français, j'ai compris que son recours linguistique suprême procédait de la poésie lyrique française déclamée à haute voix, du respect éveillé par la prononciation de mots comme *Mallarmé*. Le livre inédit de Jacqueline s'appelle *le Jeu de vivre*, elle a accouché du titre dans les plus grandes douleurs car elle a hésité longtemps entre plusieurs autres possibles : *la Douleur des jours ; Mort à l'âme ; Comme ci, comme ça...* Steinbeck penchait pour ce dernier, mais Jacqueline y a renoncé quand Robert s'est déclaré contre, ce titre mettant en évidence un scepticisme, une insécurité qui n'étaient d'aucun bénéfice à la carrière politique du président. John F. Kennedy fit celui qui n'était au courant de rien, mais je sais que pendant un week-end dans les Appalaches il consola Jacqueline et lui promit d'accepter *Comme ci, comme ça* quand il aurait accompli son deuxième mandat présidentiel, soit en 1968.

Après que je l'en eus très respectueusement beaucoup priée, Jacqueline me récita un de ses derniers poèmes en français :

Le jour bénit ton nom : amertume
quand le baiser fleuri est mort
prêt de la nuit
ton ombre
rappelle une tristesse d'adieu ;
le fleuve plus noir n'oublie pas
les chants des jours méchants
et moi
moi, je suis seule
et parcours les lourdes routes
*des désirs, les lois, l'espoir d'antan**.

Elle n'a pas voulu continuer. Rougissante, elle m'a regardé dans les yeux.

– Comme je suis sotte ! Je me suis promis cent fois de ne jamais dire mes vers à personne et cent fois je les redis.

– Ils ont un grand pouvoir évocateur.

– Vous trouvez ? Ma sœur, la princesse, m'encourage à écrire. Elle m'envoie de longues lettres affectueuses. Elle est très gentille.

J'ai essayé de la faire continuer.

– Laissez-moi lire.

– Non, non. Quand ils seront plus limés.
– Je ne ferai aucun commentaire.
– Et vous ne révélerez mon secret à personne ?
– Je vous le jure.

Après que j'eus beaucoup insisté, elle me montra des chants de protestation et de témoignage, clairement diversifiés les uns des autres :

CHANT DE TÉMOIGNAGE,
PAR JACQUELINE BOUVIER

Les grues traversent des ciels clairs
Sur la vieille route du Kentucky
Et mon cœur reste triste.

Sous les ciels, sous les grues,
Sous les nuages, sous les soleils,
Sur la vieille route du Kentucky

Sur la vieille route du Kentucky,
Un homme toujours fuit
Et mon cœur est triste.

Si personne ne fuyait, les grues passeraient
Il ferait soleil, il pleuvrait, il y aurait
De l'espoir et mon cœur ne serait pas triste.

CHANT DE PROTESTATION,
PAR JACQUELINE BOUVIER

Réveille-toi, Yankee,
Les doublons tintent et trébuchent ;

Assez d'argent, assez de douleur,
Douleur, douleur.

Ton or ancien
Ne vaut plus rien ;
Sa nudité n'a pas de patrie,
Douleur, douleur.

Jette ton or
Dans une mer humaine
Et ainsi nous serons tous frères,
Douleur, douleur.

Peuples de Cuba
Et de Panama, assez d'argent
Assez de douleur,
Douleur, douleur.

Kennedy est resté simple avec ses serviteurs. Mais en dépit des regards de curiosité qu'il me jette, je comprends que, pour lui, je ne suis guère plus qu'un valet de chambre spécialiste du coup d'œil à droite et à gauche, sourcils froncés et main légère. J'aurais aimé connaître cet homme avant qu'il apprît à être président, avant que tous ses organes se fussent adaptés aux fonctions présidentielles. Il a le regard de l'aigle qui plane en rond au-dessus des têtes et des moissons, même si la source démocratique de son pouvoir et l'esthétique du sans-culottisme l'obligent à se mettre des gouttes de collyre dans les yeux pour leur donner le brillant, le charme d'une eau calme, sans leur ôter un seul degré de leur aquiline vigilance. Il bouge les bras avec cette apparence, très étudiée, de tranquille lenteur des tout-puissants. Mais il n'arrive jamais à ne pas donner l'impression que ses bras peuvent rafler tous les jetons qui parsèment le tapis et les emporter devant l'impuissance loyale ou tricheuse du *croupier** néo-français. Il marche comme si sa maison était le monde. Il sourit comme si son sourire nous sauvait la vie. Il ment comme si de rien n'était. Il oublie avec charme. Un pouvoir désodorisé émane de ses aisselles, qui semblent ne pas appartenir à ce bas monde et, lors de ses rares moments d'intimité surprise, le caractère photographique de son intimité est vite révélé, de même qu'est révélé à tout bout de champ le caractère public de son pouls, de sa respiration ou de ses excréments.

L'aristocratisme bon enfant est un parmi les plus écœurants sirops qui engluent les bonnes, les mauvaises et les fausses consciences de l'aristocratie de ce pays. Il suffit de voir les rapports de Kennedy avec ses enfants. Si l'on m'avait donné un dollar chaque fois que John-John passe entre les jambes du président sans que celui-ci ressente une logique, tamerlanienne, envie de s'asseoir dessus et de l'aplatir, j'aurais déjà pu prendre ma retraite avec les rentes d'un commerçant anglais dans un roman victorien. Et je me contenterais d'un demi-dollar par caresse sur la joue prise en photo et gaspillée par le président sur sa fille.

Je préfère les manières de despote de Tamerlan. S'abstenir des délices de la toute-puissance revient à la dénaturer. Il aura beau frotter d'alcool ses mains signatrices de décrets qui font basculer vies et fortunes, il restera à jamais Tamerlan, défenseur d'un système qui lutte à mort pour survivre. Porteur de catastrophe et de douleur, il n'y pourra rien, même s'il remplace son profil rapace de Henry Ford par un doux sourire celtique d'Irlandais bien élevé et lecteur de Robert Frost.

Mr Phileas Wonderful me caressa de ses yeux cordiaux, tel ce paquet de cigarettes qu'on ouvre et vous tend, telle cette tapisserie d'un canapé au toucher familier. Mr Wonderful me caressait de son sourire de chevalier d'industrie, large, grand, sexagénaire bien conservé, un rien jaunis les abondants cheveux blancs sous l'action quotidienne de lotions colorantes, détail bien peu gênant comparé à la régularité et à la blancheur époustouflantes d'une denture en Cinérama. Il loua les progrès que j'avais faits au cours de l'instruction et, sans plus tourner autour du pot, aborda le sujet de mon professionnalisme.

– Vous avez la formation critique d'un Isaac Deutscher et le *sex appeal* d'un John Gavin.

– Je le reconnais. Sans compter l'aimable brutalité d'un membre des Jeunesses hitlériennes.

Mr Phileas Wonderful n'était pas d'accord avec les qualificatifs que j'avais employés. Militant socialiste, il s'était lui-même beaucoup battu dans presque tous les imbroglios européens du siècle et il avait fini par se rendre compte qu'il était devenu un technicien de l'insécurité.

– Il s'agit de professionnaliser l'amateurisme de l'action, de la commercialiser. Le socialisme saura s'imposer sans que vous ou moi mourions dans la guérilla et, si nous laissons tomber à temps, nous vivrons beaucoup mieux jusqu'à l'arrivée de cette, au jour d'aujourd'hui, lointaine éventualité.

La C.I.A. est un fascinant champ d'expériences, surtout quand on peut accéder à un poste de direction. En temps normal, et y compris nous-mêmes, les gens s'y font une fausse idée de ce qu'ils sont. Une part de notre travail consiste simplement à opérer une modification poétique de l'histoire : nous sommes les seuls à avoir assez de culot pour nous opposer à la marche en avant du communisme, justement parce que nous nous foutons qu'il gagne à la fin. Il s'agit d'un simple défi technique : combien de temps serons-nous capables de garder notre avance. Comme activité, ça a beaucoup plus de gueule que de contribuer à la fameuse marche en avant. La grossièreté morale du révolutionnaire saute aux yeux. Le révolutionnaire, comme le saint, le martyr ou la vierge, est un tricheur dégueulasse. Vous avez pu vous-même vous en rendre compte.

Chaque grimace de dégoût lui permettait de montrer un fragment de son impressionnante, irréelle denture.

– Il n'y a pas pire emmerdeur que le mystique révolutionnaire quand il devient juge sévère du comportement d'autrui, du haut de la légitimité de son irréprochable sacrifice historique. En revanche, un agent de la C.I.A. est un être marginal, un poète incompris de la contre-révolution. Mais croyez-moi, vous conviendrez bientôt avec moi que, sans la C.I.A., il n'y aurait ni histoire ni dialectique. Un agent de la C.I.A. n'est pas seulement un poète de la révolution, il la légitime.

– Et il est mieux payé qu'un révolutionnaire.

– Plutôt mieux, admit Wonderful en m'offrant une autre cigarette. Que fumiez-vous quand vous étiez révolutionnaire ?

– Des Celtas.

– Qu'est-ce que c'est que ça ?

– Des cigarettes espagnoles.

– De mon temps, elles avaient un autre nom. Où en étais-je ? Un agent de la C.I.A. ne mène pas la grande vie, bien qu'il soit amené à faire des choses supposées répugnantes. Il n'est jamais victime de l'obscène solidarité, avec personne ni avec rien. C'est un héros aseptique et total.

Mr Phileas Wonderful est aujourd'hui expert en propagande américaine. Dans les moments difficiles pour le prestige U.S., Wonderful sait transformer les défaites en victoires, les assassinats en actions de bienfaisance, les invasions en virées touristiques, la contrainte en protection. Wonderful supervise les slogans que, partout dans le monde, reçoivent les agents internationaux de l'U.S.I.S., depuis une confortable, bien que délicate, retraite.

J'ai toujours comparé Wonderful à Muriel. Wonderful, c'était l'anti-Muriel, c'est pourquoi il me rassurait tellement, il m'absorbait tellement. Muriel me maintenait toujours dans la dégoûtante tension de la prétendue authenticité, sans que tout cela fût très clair, même pour elle ; mais bien dissous, en revanche, dans son sang, ses cellules. Au contraire, Wonderful avait une façon tellement contrôlée d'être sinistre qu'il en devenait délicieux. Je l'imaginais au fil de son histoire, préparant des attentats, en réunion avec les délégués de l'Internationale, changeant d'Internationale avec une nervosité calculée, jouant la carte révolutionnaire ou démocratique jusqu'au jour où il avait été écrasé par un hiver d'exilé, probablement serré de près par la misère héroïque. Terriblement lucide, assez en tout cas pour comprendre le caractère irréversible de sa vie, qu'on ne vit qu'une fois, qu'il faut apprendre à aimer et à vivre, qu'on a à peine le temps de faire quelque chose pour soi-même. C'étaient les fantômes que j'avais vus apparaître dans la pénombre du champ de bataille qui était resté après ma dispute avec Muriel sur les qualités et les défauts de Rousseau et de Voltaire.

Wonderful aussi avait retourné sa veste, gonflé de sainte indignation libérale face à la brutalité stalinienne, comme moi-même je m'étais rebellé contre le purisme schématique de Muriel. Mais, progressivement, il était devenu plus sincère, plus conscient de ses véritables motivations. Même maintenant, son dentier et ses cheveux blancs teints ne pouvaient cacher ses traits d'Espagnol, ses traits d'îlien de l'Histoire, fou et mort de trouille. Wonderful savait que je connaissais son histoire, son origine. Il avait de la scène, en cabotin qui a tout fait, tout vu, et tenait pour acquis que je comprendrais son archéologie, parce qu'elle correspondait sur pas mal de points à ce qui commençait déjà à cesser d'être mon histoire. Et puis j'étais fasciné, moi, par la fouille de ces ruines si bien conservées, si bien restaurées et déclarées d'intérêt public. J'aimais sa liberté et la capacité qu'il avait de surmonter le mépris de soi par le total mépris d'autrui, et de s'y tenir. La vie est une succession de gestes tendus vers le succès, lui et moi savions qu'en dernière extrémité nous avions la possibilité de faire un geste interdit à l'immense majorité des habitants de la fourmilière : le geste qui consiste à porter la main au pistolet qui est sous l'aisselle, à l'armer, à viser et à nous foutre du qu'en-dira-t-on.

L'épouse de l'attaché culturel de l'ambassade d'Autriche n'y va pas par quatre chemins. Quand l'attachée se déshabille, ses chairs semblent avoir été averties du débarquement et elles sautent de leur propre poids. On pourrait croire qu'elles vont tomber, mais non, elles restent en l'air, élastiques, un peu hésitantes, pourtant sûres d'elles, comme ces athlètes lanceuses de poids qui éprouvent l'élasticité de la jambe qui servira de pivot à leur corps. Elles sont bicolores, demi-brunies par le maigre soleil de Washington et par l'appareil de soleil artificiel.

La femme de l'attaché culturel autrichien mesure quatre-vingt-dix-sept de tour de poitrine et quatre-vingt-dix de tour de hanches. Nul ne devrait se permeure de parler de ce que c'est qu'une femme avant d'y avoir mis la main. Son postérieur froid a une consistance extra-charnelle, une consistance de fruit qui n'existe pas. Parcourir du creux de la main la forme de sa jambe est un voyage qu'on voudrait sans retour.

La femme de l'attaché culturel autrichien a appris l'amour à l'École de Vienne. Son style est reconnaissable entre mille. Ses gémissements sont d'une prononciation parfaite et ses palpitations finales dépassent en délicatesse la mort de Margot Fonteyn dans *le Lac des cygnes*. Depuis sa chevelure jusqu'au dessin de ses doigts de pied, l'attachée culturelle est un parfait animal. Quand l'attachée culturelle est habillée, ce sont 65 pour 100 de la population masculine de Washington et 44,3 pour 100 de la population féminine seulement qui sont pris de désirs d'agression. Mais quand l'attachée culturelle est déshabillée, bien que le fait n'ait pas été vérifié par l'institut Gallup, il apparaît que le nombre des agresseurs passerait à 98 et à 76 pour 100, respectivement.

Les lèvres de l'attachée culturelle sont fibreuses et adhésives. Elles pratiquent un double mouvement de prise de possession et de décollement dont la lenteur ne pourrait être comparée qu'au ralenti d'un cheval qui saute. L'attachée culturelle marche toujours avec une expression concentrée, comme les chasseurs de prime. Elle ne vit que pour son art vingt-quatre heures sur vingt-quatre. Elle imagine de nouvelles techniques, s'exerce continuellement devant le miroir à sept faces que lui a offert Soekarno, reconnaissant.

Elle n'a jamais eu une heure de passage à vide. Elle n'a jamais eu une minute de ridicule efféminement. Sa disposition pour l'amour est parfaitement virile, dans ses actions, elle ne se conduit pas avec le faux aplomb de la timide expérimentée, ni avec la brutale assurance de la garce. C'est comme si l'acte d'accouplement était élevé avec l'attachée culturelle au rang de sport olympique et qu'elle gagnait toujours, toujours, la médaille d'or.

Quand l'attachée culturelle est parvenue à ses fins, elle ne dit jamais au revoir. Elle se rhabille en silence, vous tourne le dos et s'en va la première. Si vous tombez amoureux d'elle, elle vous quitte, et si vous vous suicidez, *no comment*. Dans les réceptions, elle ne parle jamais, juste une fois, elle s'est déshabillée en public.

On dit que ce fut à Londres, qu'une terrible angoisse explosa dans la poitrine des assistants.

Mais qu'un seul pleura, comme si son fils préféré était mort.

La rumeur a circulé pendant des heures, incontrôlable.

Le F.B.I. a annoncé que Pepe Carvalho était peut-être entré dans le pays en passant par la frontière canadienne. D'abord, Hoover m'en a fait part avec un sourire confiant aux lèvres. Pour lui, Pepe Carvalho est un bon professionnel du crime mais il n'en reste pas moins ce qui ressemble le plus à un Portoricain. Pour

Hoover, le seul Galicien important est le général de Gaulle.

Les connaissances historiques de Hoover sont en rapport inverse avec son obscène confiance en lui. Il a consulté le tableau électronique installé dans les sous-sols de la Maison-Blanche. Un intrus avait été très vite localisé à cinquante kilomètres de la frontière. Mais ce n'était pas Pepe Carvalho. Pendant quelques minutes, j'ai essayé de savoir qui c'était. Les soupçons de Hoover sont évidents et il m'a refusé, avec une certaine élégance, le renseignement. J'étais déjà prêt à le lui soutirer de force quand la brutale irruption de Bob Kennedy dans la pièce a tout bouleversé.

Le rebond de la porte contre le mur, le rayon de soleil arrachant des éclats à sa petite frange mouvante, l'espace rapidement avalé en trois enjambées, la tension du corps électrisé par l'indignation, le sourire de dépit et de mépris, les mains posées sur les hanches... Bob Kennedy a fait naître le silence, ce silence que j'avais oublié depuis mon passage par les locaux de la police, à l'époque où j'étais dans le rôle de la victime, ou même depuis ma petite enfance, quand mon père ou quelque professeur assouvissaient vampiriquement leurs impuissances dans la terreur qu'ils pouvaient lire au fond de mes yeux. C'est le silence de la terreur et de la culpabilité. Bob accusait Hoover du doigt.

– Pourquoi vous ne m'avez pas prévenu ? Un dangereux criminel entre aux États-Unis dans le but de tuer ni plus ni moins que le président, et je suis le dernier à être au courant.

Hoover avait aussitôt retrouvé ses esprits. Il n'a rien répondu, il a tourné le dos à l'ancien procureur général et a continué à examiner la mappemonde électronique, les mains dans les poches. Les veines du cou kennédyen étaient gonflées à bloc, les minces lèvres se sont ouvertes et se sont tendues pour cracher le mot :

– Porc !

Hoover a eu un petit rire, il a pardonné l'insulte d'un hochement de tête condescendant. Deux agents du F.B.I. se sont rapprochés de Bob pour se mettre de chaque côté de lui. Mais à peine ont-ils le temps de se mettre en place que Bob envoie un coup de coude latéral à l'agent de droite, tandis que, de son gauche, il porte une manchette de karaté sur la pomme d'Adam de l'autre. On aurait dit ensuite qu'il allait se jeter sur Hoover. Celui-ci lui faisait déjà face et sa face était souriante, calme. Dans sa main fleurissait son parabellum noir préféré. Le canon du pistolet est allé toucher le ventre dur de Bob. Le souffle des deux hommes n'en faisait plus qu'un, ou quasi.

Peu à peu se sont détendus les muscles de leur visage, s'est esquissé un sourire honteux d'abord, franc pour finir. Puis le rire les a éloignés l'un de l'autre, comme repoussés par une décharge électrique. Ils avaient du mal à parler.

– Edgar, Edgar, tu es grand !

– Oh, Bob ! Toi, Bob, Bob, quelle entrée !

– Je l'avais préparée en venant.

– On aurait dit le James Cagney de la grande époque.

Ils sont tombés par terre, vaincus par le rire. Chaque fois qu'ils retrouvaient leur sérieux, il suffisait que leurs regards se croisent pour que les éclats de rire et les larmes fusent à nouveau. Hoover a pris ses cachets contre les émotions et a continué à rire, assis par terre.

Je suis sorti de la pièce sur les pas de Bob. En passant dans la partie la plus obscure du couloir, il a fait volte-face et m'a collé contre le mur.

– Ne lâchez pas ce Hoover de l'œil ! Je n'ai pas confiance en lui !

Je n'ai pas eu le temps de fermer mon oreille à l'haleine phonétique de Bob. Un coup de poing coupant, kennédyen, dans le bas-ventre m'a plié en deux. Un peu plus tard, encore à demi inconscient, j'ai vu passer devant mon nez les deux plis parfaits du pantalon gris de Hoover.

– Ce Bob ! disait-il en marchant, et il riait.

Jacqueline me raconte, parfois, des fragments de sa vie. Je me trouve alors dans l'obligation de lui rendre la pareille. L'autre jour, elle s'est débondée sur le sujet belle-mère et belles-sœurs. J'ai essayé de lui transmettre le fond et la forme de mes rapports avec Muriel, de mes perplexités devant notre fille. Mais entre Jacqueline et moi il y avait une déconnexion linguistique évidente. Je parlais comme un *play-boy* nostalgique de son étape de romantisme petit-bourgeois et elle comme la directrice d'un cabinet de consultation du sentiment. Je pris alors la tangente et m'orientai vers un récit brut de mes travaux : agités les uns, routiniers les autres. Je pris ainsi de vitesse le didactisme de Jacqueline, qui paraissait surprise par la brutalité de certaines situations où je m'étais distingué et par le cynisme descriptif de mon récit.

– Vous l'avez fait vous-même ?

– C'est possible.

– Comment, *c'est possible* ! Vous l'avez fait !

– Je ne dis pas non.

Jacqueline me déclara presque sérieusement que j'étais un homme dangereux et qu'elle commençait à comprendre l'abandon dans lequel m'avaient laissé ma femme et ma fille. J'eus du mal à admettre que ma gamine m'avait abandonné. Mais c'était probablement la vérité.

Ma conversation avec Jacqueline fut le détonateur qui alluma le téléviseur de mes souvenirs. On y voyait Muriel, myope, souriante, trimbalant toute son idéologie sur son dos, son idéologie devenue son corps lui-même. Par exemple, cette obstination qu'elle avait à ne pas s'épiler les jambes parce qu'elle y voyait une inadmissible concession à la manipulation chosifiante de la femme transformée en objet sexuel. Mais elle avait d'assez jolies jambes qu'elle ne pouvait pas montrer par la faute de l'étonnante ténacité de ses poils, lances noires qui traversaient même sans pitié la dure laine noire des collants en jacquard le plus épais. Parler, vivre avec Muriel, c'était un difficile exercice de gymnastique idéologique. Le une-deux, une-deux nous accompagnait jour et nuit et, parfois, au bord même de l'acte d'amour, elle m'obligeait à discuter du dernier texte politique ou de la dernière polémique issue d'une douteuse affaire de ligne politique générale trop accommodante.

– Nous nous attaquons de toutes nos forces à la contradiction qui est en surface et nous avons tendance à oublier de nous attaquer à la contradiction de fond...

... pouvait me chuchoter Muriel, par exemple, tandis que j'essayais de déboutonner sa veste de pyjama à deux heures du matin. Alors, j'étais bien obligé de répondre :

– Il n'y a pas deux mouvements dialectiques successifs. Ce serait un retour à la dialectique linéaire de Hegel. L'attaque portée à la contradiction qui est en surface contient l'attaque portée à la contradiction de fond.

– Qu'est-ce que tu es fort...

... chuchotait Muriel, qui se trouvait enfin sur la frontière espérée de l'esprit et de la chair. De chair, certes, elle n'en avait guère. Mais n'en déplaise au scepticisme des témoins extérieurs, elle assurait beaucoup mieux au lit que ce que ses manières et ses usages vestimentaires pouvaient laisser croire. Et au moment décisif, à part Muriel, peu de femmes m'en ont donné autant pour ma peine, on ne peut même pas dire qu'il y ait une distance si grande entre ses capacités et celles de l'attachée culturelle autrichienne, en dépit du *décalage** professionnel.

Sans doute est-ce la distance temporelle. Mais je vois aujourd'hui sous les couleurs les plus belles nos vicissitudes politiques et financières de l'adolescence. Les peurs que nous partagions. Notre soutien mutuel quand fondit sur nous la nuit noire de l'Histoire. Et sans doute ma vie à ses côtés eût-elle mené son train logique sans la dispute provoquée par le sinistre biologiste, dans l'intention, appris-je plus tard, de nous éloigner l'un de l'autre et d'enlever le morceau. J'étais moi aussi mûr à point pour la discussion sur Voltaire et Rousseau. J'avais trouvé excessif que Muriel, le matin du même jour, achetât de l'eau distillée pour laver la figure et le petit derrière de la gamine. Parce qu'elle l'avait lu dans un manuel de pédagogie soviétique. L'orage qui n'éclata pas le matin déchaîna ses éclairs et son tonnerre le soir. Était présent l'ange nocturne qui en profita pour briser nos vies et devenir l'héritier de mes fonctions fatalement nocturnes (Muriel détestait faire l'amour à la lumière du jour). On dit que d'un mal vient toujours un bien, et depuis que je me suis séparé de Muriel et que j'ai retourné ma veste, je ne peux vraiment pas me plaindre du tour qu'ont pris les choses. Mais je devrais être plus fort, et me passer de littérature pour satisfaire mes appétits éthiques, esthétiques ou sentimentaux. C'est une faiblesse indigne d'un homme comme moi, possédant une puissance de frappe comparable à celle de Floyd Patterson et une enviable, enviée, puissance amoureuse.

– Ce n'est pas facile d'être espagnol.

J'avais pensé à haute voix pour détourner le cours de ma dangereuse conversation sentimentale avec Jacqueline.

Que font aujourd'hui Muriel ou la petite ? Je parierais que la pauvre gosse est soumise à un rigoureux programme de lecture progressive. Elle avait neuf mois quand je l'ai quittée et Muriel lui avait déjà acheté *Et l'acier fut trempé,* d'Ostrovski, pour qu'elle le lise dès qu'elle en aurait la capacité. J'aimais bien cette gosse, même si je l'ai toujours regardée avec la prévention que mérite toute femme qui se retrouvera un jour ou l'autre entre les bras d'un autre homme.

Mr Phileas Wonderful m'accordait le plaisir de sa conversation plus souvent qu'aux autres stagiaires. Nous étions pays, se justifiait-il, mais je savais que ce qui l'attirait en moi était sa propre image truquée qu'à travers moi lui renvoyait le miroir qui le sépare toujours du monde. Lors de nos premières conversations, il avait gardé sa pudeur idéologique initiale pour justifier son attitude, qui était déjà la mienne. Le stalinisme était intolérable et il avait trahi l'espérance révolutionnaire, dans ces conditions, allions-nous faire son jeu ?

Mais un jour il me dit, comme s'il ne parlait pas avec moi, comme s'il parlait sur un théâtre, emporté par l'hypnose des lumières de la rampe :

– Ça commence quand on découvre qu'on est l'être le plus immotivé de la Terre. Qu'on a perdu une guerre, un pays, la face, toutes les patries conventionnelles. On fait cette découverte alors qu'on est à moitié écrasé par l'orographie de Manhattan, en bas de gratte-ciel chancelants qui menacent votre inexistant squelette de ver de terre. On a froid par-dessous le froid, l'angoisse a enfin quitté votre estomac, on est enfin sur pied, sur ses pieds, qui sont maintenant en plomb horrible. Mille neuf cent quarante à New York. L'absurdité. J'allais de porte en porte. D'embrassades en embrassades avec d'anciens ex-combattants de la Brigade Lincoln. Ce n'étaient que promesses, jusqu'au jour où quelqu'un s'est mis à dire des choses cohérentes. Alors je me suis juré que jamais plus je n'aurais froid, que jamais plus je ne sentirais le froid, ni le froid physique ni l'autre. Que jamais plus je ne serais perdant. Que jamais plus je n'aurais peur. Que jamais plus je ne sentirais dans ma gorge la boule du monde. Que je retrouverais mes noms et prénoms, le sourire sur les lèvres des garçons d'ascenseur, le respect dans les yeux d'un policier.

À partir de là, Wonderful continua à parler en anglais. Il y avait une moue de dégoût sur son visage subitement vieilli, comme si son hâle s'était effacé et que réapparaissaient les rides cachées par le maquillage. Une moue de dégoût adressée à quelque chose ou à quelqu'un entrevu dans un coin de la salle vide. Je traversai la frontière des lumières de la rampe et je m'approchai de ce qui faisait naître un si grand dégoût, ou une si grande frayeur, chez Mr Phileas Wonderful. Un vieil homme, oisillon déplumé, maigre, en habit bicolore, brèche-dent, barbu, les ongles noirs et les souliers luisants, une valise en carton à son côté, les oreilles pleines de sifflets de train, dans ses yeux jaunes et tendres, des sourires de panique, certain que personne ne prendra la peine de le tirer de l'ornière. Dans le dos du petit homme, à travers la fenêtre du train, défilait un paysage aragonais, de buttes grises et de buissons sans mère, secs et roulant sous le soleil et derrière le vent.

– Je vous en offre ?

Le petit homme tendait un morceau de langue de bœuf en ragoût. En dégouttait une sauce marron à l'oignon du bord du couteau jusqu'au couvercle d'aluminium de la gamelle.

– Je vous en offre ?

Sa langue poussait des politesses au travers de la brèche encadrée de dents en or et de gencives blanches et rosâtres.

– Mr Wonderful, Mr Wonderful, dit la secrétaire. – Les carreaux se cassèrent dans les yeux du vieux Tobias. – Mr Wonderful, dit la secrétaire.

Wonderful me devança de quelques pas pour recueillir le message confidentiel, l'oreille penchée vers les lèvres de la fille. Quand il revint vers moi, son visage avait retrouvé son sourire publicitaire.

Lue par le président Kennedy le jour de Thanksgiving 1963, sur l'esplanade centrale du palais des Sept Galaxies, en présence de soixante pour cent des cadres de la nation et de la totalité du corps diplomatique.

« Mesdames, Messieurs,

« En un jour comme celui-ci, c'est alors qu'on ressent le besoin de tomber à genoux, de lever un regard confiant vers la paix du ciel et de dire : merci. Merci non pas tant pour les biens reçus que pour les évidences reconnues. Et la reconnaissance des évidences est le plus grand bienfait qui puisse être donné à un peuple. Et il est évident que la plus insigne évidence que nous puissions reconnaître, nous, peuple américain, est celle de notre destin privilégié aux avant-postes de la marche historique de l'Humanité. Pour ceux qui ne verraient dans la marche de l'Histoire rien d'autre qu'une évolution matérielle dépourvue de toute transcendance, si ce n'est la conquête de résultats positifs, de plus en plus positifs, je dis aujourd'hui ma prière, car nous, peuple américain, nous savons qu'il n'y a pas de destin humain sans Providence et qu'il n'y a pas de grandes actions historiques sans Providence. Dieu conduisit son peuple au-delà du Nil et lui donna un guide : Moïse. Là naquit l'histoire de l'Occident, sous le doigt protecteur de la Providence.

« Et en cette heure difficile, où le destin de l'homme chrétien est engagé dans la plus dure des luttes pour sa survie, je le répète, merci. Merci au nom de mon peuple, qui m'a choisi comme conducteur et guide et qui m'a confirmé dans cette haute mission, moi qui n'ai d'autre prérogative que celle de mes propres hésitations et espérances. Je ne suis rien qu'un Américain parmi d'autres, je suis l'un d'entre vous, dans ce à quoi j'aspire et dans ce que je crains. Mes forces sont les vôtres et, comme vous, j'ai confiance en ce supplément de forces que Dieu accorde à qui s'engage dans Ses rangs. Grâce à Son aide, nous serons vainqueurs. En un jour comme celui-ci, nous devons proclamer l'instrument de notre victoire. Et cet instrument n'a rien d'une arme effrayante dont la capacité de destruction garrotterait les muscles du courage, non. Notre arme ne sera pas mortifère, et elle n'est pas secrète. Notre arme, c'est l'évidence de l'exemple victorieux. Que nos ennemis ouvrent les yeux et qu'ils voient dans la santé de notre peuple l'évidence de la grandeur de notre destin, et dans la santé de nos œuvres l'efficacité d'une méthode d'action coordonnée avec la volonté divine.

« Nous sommes la nation la plus riche de la planète. Mais nous serions bien peu de chose sans notre richesse spirituelle. À celui qui me demanderait pourquoi, bien que convaincus de la supériorité du spirituel, nous ne nous détournons pas de la fabrication de projectiles téléguidés, je dirais que les voies de Dieu sont impénétrables et imprévisibles, qui peut savoir quel est Son instrument, qui peut savoir ou connaître le langage de l'au-delà. Dans la dissuasion par la force, il ne faut pas voir tant une proclamation de scepticisme qu'un acte d'humilité devant les explications qui nous dépassent.

« Saint Augustin, un jour, se promenait sur une plage.

« Il passait par une période de grandes hésitations, de grands doutes, de grandes questions devant le mystère de la vie et de la mort. Esprit libéral et démocratique, saint Augustin révoquait tout en doute, car telle doit être l'attitude de l'honnêteté intellectuelle. Il se promenait, donc, comme je le disais, sur une plage et il rencontra un enfant qui versait de l'eau dans un trou creusé dans le sable. Il n'arrêtait pas de faire des voyages avec son petit seau en plastique. Il n'arrêtait pas.

« – Que fais-tu, mon petit ? lui demanda le saint.

« – Je voudrais mettre toute la mer dans mon trou.

« – Mais, dit le saint, souriant devant tant de pureté et d'ingénuité merveilleuses, c'est impossible.

« L'enfant devint grave et répondit : "Il est bien plus impossible de dévoiler les desseins de Dieu."

« Dévoiler, dévoiler ; dans la racine de ce mot se trouve la sagesse même. Soulever le voile qui nous sépare de la vérité, voilà le chemin qui conduit à la sagesse. Mais l'homme lucide n'ignore pas qu'il existe un voile hors de sa portée et qu'il lui faut se réserver cet au-delà de mystère qui l'empêchera de soulever ce dernier voile. C'est cette humilité qui a fait de notre peuple un grand peuple. Laissons à Dieu l'explication ultime de notre action, et ne tombons pas dans le péché qui consiste à vouloir être aussi conscients que le Grand Voyant de l'Éternité.

« Depuis cet instant d'éternité, depuis ce laps d'Histoire qu'il nous a été donné de conduire, merci, Seigneur, pour les fruits que Tu nous as apportés, pour les buts que Tu nous a fixés. »

Je ne vois même pas dans l'affaire Pepe Carvalho un sujet digne du *Reader's Digest*. Pour Bacterioon, c'est une autre histoire. Comment Pepe Carvalho entre-t-il en contact avec Bacterioon ? J'ai essayé de persuader Hoover que nos recherches doivent se tourner de ce côté. Morrison, mon supérieur immédiat, est de mon avis. Mais Hoover, qui ne peut pas nous encaisser, nous autres, à la C.I.A., s'obstine à vouloir *trouver le corps*. Pas une des descriptions qui nous sont faites de Carvalho ne colle avec celles d'avant et il ne reste plus aucun espoir qu'elles puissent coller avec les suivantes. À La Paz, après l'attentat contre Paz Estensoro, Carvalho était un homme mince, grand, aquilin, très brun, avec des yeux magnétiques. En Syrie, lors du dernier coup de force du Baas, Carvalho est un obscur petit homme chauve avec des lunettes à double foyer. Au Kenya, il serait un avaleur de sabres, blond comme le maïs. Qui est Pepe Carvalho ? Tous les rapports qui le concernent sont infiniment secrets, mais aussi infiniment inutiles. La mort rapplique avec lui, siffle un coup et emporte les vies comme avec un aimant. Il n'a pas de ligne de conduite prévisible. Ses actes n'ont aucune continuité, on dirait plutôt qu'il fait se succéder l'action rapide et de longues périodes d'inaction qui sont propices à l'épanouissement de son mythe. Hoover croit que Carvalho n'existe pas, que Bacterioon n'existe pas, qu'ils sont l'œuvre des forces de la tradition : les internationales de la franc-maçonnerie, le communisme et les sodomites.

Mais l'existence de l'un et de l'autre est aussi évidente que mystérieuses leurs relations. Comment une substance non organique peut-elle réussir à avoir des rapports intelligents avec un être humain ?

Je comprends l'indignation aveugle de Hoover.

C'est comme se battre contre l'air, être sur le qui-vive avant chaque respiration. Qu'il accepte pour la première fois de collaborer avec la C.I.A., c'est déjà la preuve que cette affaire le préoccupe énormément. Sean Poverty, l'agent qui a la responsabilité du maintien de l'ordre public autour du palais des Sept Galaxies, pense que Carvalho est une puissance surnaturelle, diabolique, comme les déités négatives de son Irlande natale. Au contraire, Khan pense, après utilisation de ses calculatrices analogiques de la troisième génération, qu'il y a 70 pour 100 de possibilités pour que Carvalho existe bel et bien et 30 pour 100 pour qu'il n'existe pas.

Qui est Pepe Carvalho ?

À cette question, les sourcils se haussent, les omoplates s'abaissent, bien des regards se détournent. Normalement, en tant que professionnels, nous prenons d'assez haut les exploits de nos collègues. Seule nous enthousiasme, et encore jusqu'à un certain point, la véritable exception. Nous ne nous laissons aller à la mythification que de loin en loin. Nous transigeons parfois et la mythification devient alors une sorte de faiblesse volontaire qui est pour nous une façon de nous détendre, comme si nous jouions à croire aux Rois mages. Ainsi, lorsque nous mythifions un collègue, nous faisons retomber sur lui toute une chape de tensions qu'au fond nous savons non transférables. Ce jeu est l'équivalent de celui qui consiste à prendre James Bond au sérieux, jeu de pratique bien trop fréquente parmi nous. Moi qui l'ai eu à portée de la main ou presque, je pourrais en dire long sur ce petit coq de James Bond. Mais nul n'a avantage à jeter des pierres dans son propre jardin.

Pepe Carvalho, en revanche, n'est pas un mythe littéraire. C'est un être réel mythifié, presque totalement inconnu, et qui sert de point de référence à l'immense majorité de mes collègues. Je sais, pour ma part, que

Pepe Carvalho se lève chaque matin dans la même problématique que la plupart d'entre nous. Que son prestige est autant le fruit des circonstances que d'une volonté désespérée d'être le meilleur dans le métier. Il abomine son travail comme tout un chacun et a tendance, tendance générale, à justifier la morale dernière de ce qu'il fait par l'évidence de ce qui a été fait auparavant.

Pour le reste, la biologie minimale constitue chez lui l'appui principal du métier de vivre. Les stimuli minimaux de la survie l'aident sûrement à passer ses moments perdus et à le détourner du soupçon que les moments non perdus sont aussi des moments perdus. Bref, Carvalho a ses problèmes, comme tout le monde.

Khan habite la partie supérieure de la quatrième galaxie. Il est au-dessus de rien de moins que le *trust* des cerveaux qui entoure habituellement Kennedy. Il a une ligne de téléphone spéciale connectée avec une île californienne, où un groupe de savants vaticine à propos de tout en se fondant sur le calcul des probabilités.

Un projet secret existe, qui prévoit de mettre en hibernation Khan et Walt Disney pour en faire les témoins exceptionnels du monde d'après l'an 2000. Dans le cas de Khan, ce serait une sorte de prime aux services rendus, consistant à prévoir ce qui n'arrivera jamais (grâce à ses admonitions, Khan espère contrôler le futur). Dans le cas de Walt Disney, il s'agit d'obtenir que la rétine en Technicolor de la cosmogonie rooseveltienne survive aux verres de contact soumis au rude toucher de la réalité. Les deux poètes de l'image (le nombre imaginaire et Donald Duck) méritent la généreuse retraite de l'éternité.

Khan, à l'égal de son grand ami et rival, Sylvester, est un prophète apaisant. La guerre atomique n'arrivera jamais, d'après lui, et sera définitivement remplacée par toute une série de guerres conventionnelles (guerres civiles entre le bien et le mal) dans des régions marginales de la planète. La guerre d'Espagne, d'après Khan, était déjà la répétition générale de cette nouvelle stratégie. Bien sûr, on ne se trouvait pas dans un contexte de danger nucléaire, mais certainement de danger de conflit universel, conflit qui n'a pu, malgré les excellents résultats de ladite guerre, être évité.

L'important, d'après Khan et ses conseillers, c'est que les grandes nations phares de la civilisation industrielle ne soient pas entraînées dans des affrontements les unes contre les autres. Les dysfonctionnements dans l'équilibre des forces entre pays socialistes et pays capitalistes doivent être réglés par des guerres marginales n'affectant que des régions marginales : ces régions correspondent à des pays situés déjà et pour toujours dans la marge du sens de l'Histoire. Toute cette équipe de penseurs est très influencée par les théories du professeur Sylvester, dont l'hégémonie intellectuelle n'est discutée par personne à Washington. Le professeur Sylvester s'est fait connaître, à l'âge de soixante ans, grâce à l'émission de télévision *Vous savez et nous vous faisons gagner*. Sylvester, fonctionnaire des Postes à la retraite, qui avait suivi un cours de philosophie par correspondance, y participa avec le sujet : *Comportement sexuel du sarcopte de la gale*. Quinze jours plus tard, il était célèbre à travers tout le pays et imitait Bob Hope dans le show d'Ed Sullivan.

Les opinions de Sylvester commencèrent à avoir cours dans tous les champs du savoir humain. Il s'avéra bientôt que Sylvester était à Khan ce que la présentologie est à la futurologie. Sylvester soutenait que, quant aux suites de la révolution industrielle, les dés en étaient d'ores et déjà jetés. Les pays qui avaient su se placer en tête étaient les conducteurs de l'Histoire. Le *nec plus ultra* de l'étape actuelle de l'Humanité ne peut pas être le pouvoir factuel, car le pouvoir factuel impliquerait un risque de destruction. Le *nec plus ultra* est le pouvoir potentiel, ou pouvoir dissuasif. Ce pouvoir potentiel, conséquence du développement industriel et du niveau technologique atteint, se traduit dans le contrôle des moyens de destruction-dissuasion nucléaire et dans les moyens de communication et d'expansion spatiale. Le contrôle de la vie et du rapport espace-temps détermine les attributs du pouvoir, se trouvant aux mains des États-Unis et de l'U.R.S.S. Il faut compter ensuite avec un nombre limité de *valets privilégiés (sic transit)* ou puissances connaissant un certain développement industriel et technologique mais n'ayant pas pu monter dans le char triomphal de la sous-ère atomique. Et le reste, le reste du monde est silence, et le mieux qu'il puisse faire, c'est de garder le silence. Les vérités idéologiques, émotionnelles, biologiques (dans le sens non biochimique du terme), n'ont pratiquement pas de pouvoir de décision. Non plus que les vérités dialectiques apportées par le marxisme, qui ont déjà produit tout ce qu'elles pouvaient produire : l'apparition d'un pouvoir antagoniste à échelle universelle – l'U.R.S.S. L'industrialisation dans son étape supranationale et la progressive rationalisation du marché universel ont transformé la dialectique en dynamique rationalisée et rationalisante.

Khan est moins optimiste que Sylvester. Le vieux fonctionnaire à la retraite croit que l'Histoire et la Géographie dépendent fondamentalement de la Statistique et de la Topographie. Sa phrase favorite est : « L'Humanité sera parfaite le jour où elle se détournera définitivement du principe idéaliste qui fait de l'homme la mesure de toutes choses. » Khan, d'accord sur le fond, soutient qu'avant le règne absolu de cette philosophie vient s'intercaler une période historique très dangereuse dans laquelle seront liquidées les vérités morales, idéologiques, émotionnelles. Mais les deux monstres ont été enthousiasmés lors de l'apparition de Kennedy : « Kennedy, délara Sylvester au rédacteur du *Christian Science Monitor*, va donner un coup d'accélérateur considérable à la période de liquidation que nous connaissons, et il va désarmer en même temps la droite américaine et la gauche universelle. »

Sylvester et Khan sont très divisés sur le cas Bacterioon. Sylvester pense qu'il s'agit d'un pouvoir réactionnaire et qu'il peut donc se manifester sous des formes révolutionnaires, ou bien alors d'extrême droite. Khan voit en Bacterioon un nouveau stratagème, encore un, de l'Internationale communiste et de ses centres actifs : la Chine, Cuba, le Viêt-nam et la Corée du Nord, la Sorbonne, Berkeley, le quartier d'Argüelles à Madrid et les communautés catalanes de bénédictins et de capucins de Montserrat et de Sarriá. Sylvester tisse plus fin : « Bacterioon est la substance du relativisme et du doute qui se remet en doute, mais cette substance est manipulée par un cerveau fanatique anti-historique. En ce moment, pour faire front devant la stratégie kennédyste, il revêt les habits du scepticisme, mais il ne va pas tarder à sortir son pistolet. » Sylvester reconnaît qu'il est difficile de garder entières ses capacités d'enthousiasme, une fois que sont castrés les organes individuels de l'émotion et de la raison. Mais il n'y a pour ce faire pas moins de quatre marques de pilules non hallucinogènes, qui, dès 1964, seront distribuées gratuitement dans toutes les écoles publiques d'un pays marginal (l'Autriche) à titre expérimental. Si les résultats ne révèlent aucune nocivité, tous les enfants américains recevront les mêmes pilules pendant leur prise journalière de lait fédéral en poudre.

Khan, qui met son nez partout et reste, au fond, un contradicteur enthousiaste de Sylvester, a convaincu ses ordinateurs de programmer un plan national de *Pilules pour l'intégration* (P.P.I.). À l'heure actuelle sont utilisés à titre expérimental chez de jeunes singes des cachets contre le marxisme-léninisme et contre l'opinion, très répandue, que certaines races ont le pénis plus long que d'autres.

Le valet de chambre des Kennedy m'a fait un magnifique cadeau. Trois costumes que le président n'a mis que deux ou trois fois et une demi-douzaine de paires de chaussures un peu fatiguées. Le tailleur présidentiel m'a fait faire un essayage, dans quinze jours, les costumes seront à mes mesures. Cela ne pouvait mieux tomber, en effet, je commençais à ne plus rien avoir à me mettre et ces choses-là, à Washington, sont hors de prix. Je crois que le cadeau présidentiel risque de me causer quelques ennuis. L'ambassadeur d'une nation à laquelle nous unissent de précieux liens d'amitié guignait les costumes, lui aussi, et il y avait déjà fait allusion devant Jacqueline. Jacqueline est une femme exquise tant qu'elle n'est pas obligée d'exprimer des abstractions et elle lui répondait invariablement : « Patience, patience, il y en aura pour tout le monde. » J'aimerais qu'on sache que je n'ai pas levé le petit doigt pour obtenir ce cadeau.

Il y a un type d'intellectuel naïf qui a dominé, pendant presque trente ans, la critique culturelle. Les émotions de cet intellectuel s'extériorisent de préférence dans la solitaire sensibilité de son sphincter anal. Ses battements de sphincter ont souligné toute sa prédisposition à la science cabalistique. Qu'on évoque la possibilité qu'il existe des extraterrestres, et l'intellectuel naïf frémit – et si l'Atlantide était une colonie martienne, hein ? Scepticisme linguistique ? – Rimbaud. Tout est pour lui un roman policier induit. Marcuse ? – Nietzsche et le *Nazarín* de Pérez Galdós. Quand l'intellectuel sphincter possède un criss malais et porte un kimono plus ou moins japonais, son cabalisme est extrême-oriental et les abondantes dynasties chinoises le fournissent en improbables personnages que personne ne prend la peine d'identifier historiquement. Moi, qui ne suis pas un intellectuel, qui suis agent secret et qui ai une culture d'autodidacte, aujourd'hui je me suis amusé à faire du cabalisme. C'était quand j'ai vu pleurer John F. Kennedy qui venait d'apprendre la mort de deux fillettes noires écrasées par une *jeep*. Alors je me suis inventé une maxime poétique chinoise du IIIe siècle avant J.-C. (milieu du siècle, environ). Elle dit comme ça :

Les hautes montagnes bleues
Se déguisent parfois en ciel.
Seule la continuité du fleuve
Connaît l'ombre de leurs vallées,
Sa consistance morte
De pierres tombées d'une hauteur sourde.

Notre tribu portait des plumes sur le cœur et des peintures de guerre sur l'âme. Dans les rassemblements, je réussissais parfois à prendre mes distances, à rester dans la nuit, derrière la vitre. Du dehors, je voyais la fragilité de mon peuple dans l'immensité hostile du monde et alors je me réconciliais même avec le biologiste pervers, parce qu'il était condamné à mort, comme tout le monde, et qu'il lui faudrait bien mener sa vie de chien en attendant. Je savais déjà que l'attitude épique, aussi obscure qu'elle pût être chez nous, arrive à fournir une bonne quantité de nourriture morale et une petite place dans l'Histoire, dont on s'empare, dont je m'empare non sans une certaine témérité. Parfois, je prenais prétexte de ces compensations pour mépriser notre engagement. Mais après, je m'évadais, je sortais au-dehors, je me mettais derrière les vitres et je regardais la précarité biologique de ma tribu. Comme ils étaient faciles à écraser, comme ils étaient faibles, rangés en file indienne, sous les coups de vent, comme ils étaient des victimes propices pour tous ceux qui étaient possédés par la peur de l'Histoire, et tellement pathétiques, tout le temps, leurs plumes et leurs peintures.

Muriel était toujours la plus emplumée, la plus couverte de peintures. Agressive comme un coq de combat, elle dressait le cou au-dessus de nos abattements, en quête d'une tête dans laquelle planter son bec et se repaître. Quand elle tombait dans l'hystérie épique, je me mettais à trembler et j'essayais de la distraire avec des conversations tangentielles : par exemple, la théorie de la valeur chez Ricardo, Marx ou Keynes. Muriel avait lu quinze fois *le Capital*, elle avait dirigé trois ou quatre séminaires sur ce bouquin et n'y comprenait toujours rien. Un jour qu'elle lisait un livre de Sweezy, elle poussa un cri de victime aphone et se montra à elle-même, bouleversée, une page écrite en petit :

– Tout est là ! Tout est là ! Enfin je comprends.

De ce jour, la page de Sweezy devint dans notre foyer un peu comme le *Notre Père* dans celui de tes grands-parents, ami lecteur, car les miens ne disaient pas de prières.

Muriel avait ses défaites, presque toujours provoquées par la tarte aux pommes et les vieillardes. Les vieilles l'angoissaient et elle essayait tout le temps de les aider à traverser la rue, souvent sans les consulter au préalable. La vieillesse lui faisait presque aussi peur que la mort : elles étaient l'une et l'autre l'obscénité même, elles étaient l'Obscénité Absolue, montrant leur cul ridé et violacé au fond d'un paysage qui dès lors se révélait absurde. Muriel haïssait la littérature sur la mort. Elle disait qu'elle était toujours manipulée par la classe dominante, qui voulait empêcher les gens de s'occuper de la vie et de la réalité. Même les danses macabres du Moyen Âge étaient pour elle de mauvaises farces aliénantes qui servaient de consolation *post mortem* aux justes aspirations du prolétariat médiéval. Quand j'essayais de lui opposer en retour qu'il était difficile d'appliquer le terme de prolétariat aux classes populaires du Moyen Âge, Muriel s'irritait au-delà du raisonnable.

Irritée, elle était méconnaissable. Elle faisait ses besoins sur mes ancêtres les plus communs et les plus proches, m'accusait (elle était loin d'avoir tort) d'être contre-révolutionnaire et finissait, lorsqu'elle se sentait dépassée par mon vocabulaire d'une richesse supérieure à la sienne, par pleurer et s'enfermer dans les cabinets. Plus d'une fois j'ai rêvé qu'elle disparaissait à jamais dans le trou. Avec quelle satisfaction, plus d'une fois, j'aurais moi-même tiré la chasse justicière.

Mais elle n'était pas rancunière. Un peu plus tard, elle sortait et cherchait des strates de discussion plus stables : l'interprétation faiblarde que faisait Lefebvre du passage de la quantité à la qualité, ou bien l'idéalisme implicite dans les positions de Naville, d'une part, et de Jean-Paul Sartre, de l'autre. Évidemment, elle ne pouvait encaisser Sartre et au lieu de l'appeler Jean-Paul elle l'appelait Jean-Jacques, pour indiquer gravement sa véritable place temporelle à la pensée sartrienne. C'était son seul trait d'humour culturel.

Pour le reste, je suis sûr qu'elle m'aimait et qu'elle n'a jamais compris et ne comprendra jamais la lente haine que j'ai accumulée contre elle tout au long de notre Chemin de Perfection. Il faut dire qu'en cinq ans de cohabitation quotidienne je n'ai jamais réussi à lui donner un seul *baiser florentin**. J'avais commis l'erreur de lui raconter que j'avais eu vent de cet écart érotique en lisant Apollinaire.

Muriel l'avait toujours considéré comme un poète réactionnaire.

J'ai lu une brochure inquiétante. Elle est éditée par une association d'anciens *beatniks* de Boston. C'est une espèce de testament idéologique et sentimental, à mon humble avis lourd de menaces. Pour ces gens-là, Kennedy est l'ennemi public numéro un. Jusqu'à Kennedy, les États-Unis avaient démontré au monde leur impuissance à relever le défi dialectique de la révolution. Seul le néfaste Roosevelt, dit la brochure, a joué intelligemment la carte du progressisme américain universel possible. Roosevelt a essayé de remplacer le conflit par la concurrence : à Téhéran, à Yalta et à Potsdam, avaient été édifiées les fondations de la paralysante coexistence pacifique. Ce n'était qu'un début. Entre Roosevelt et Kennedy, retour au réalisme américain, au Grand Bâton et au Grand Gendarme de l'Univers. C'était le bon temps ! Il n'y avait pas de différence entre la vitrine et l'arrière-boutique. À l'inverse, aujourd'hui, avec Kennedy, le fascisme américain (*sic transit*) revêt les oripeaux du jeffersonisme.

J'ai montré la brochure à Kennedy. Elle l'a bien amusé. Il dit que le style lui rappelle beaucoup l'écriture d'un de ses bons amis de Harvard, actuellement dirigeant de la Tidewater Oil Company.

– J'aime beaucoup le paragraphe où il est dit que j'ai transformé la loi rooseveltienne de la concurrence en super-loi de l'intégration.

Histoire de me rendre compte, je suis allé fouiner du côté de la canaille qui a rédigé, imprimé et diffusé cette brochure. Comme toujours, il s'agit d'un salmigondis de types confus qui ne mettent pas de sous-vêtements, ne se lavent guère et s'efforcent d'être végétariens, mais sans dogmatisme apparent sur la question alimentaire.

Et c'est pourtant vrai, le chef visible a fait ses études à Harvard et était, il n'y a pas si longtemps, dirigeant dans le groupe de Paul Getty.

Quand, dans le bureau de recrutement, on me demanda pour quels motifs je voulais devenir agent secret, je demandai en retour si l'on était intéressé par les raisons épiques, les raisons idéologiques, les raisons sentimentales ou les raisons criminelles. Le superviseur, qui connaissait très bien les poètes lyriques grecs archaïques, fut émerveillé par la subtilité de ma fausse question et m'accepta sans autre forme de procès. Au fond, je ne sais toujours pas pourquoi je cherchais à faire ce métier, métier qui, idéologiquement, à cette époque, me dégoûtait. C'était un après-midi de septembre. Il pleuvait et, comble de tristesse, je portais une gabardine vaguement bleue. De mes mains j'écrasais les gouttes d'eau qui glissaient sur le tissu et le contact humide me donnait envie de pleurer. C'était un de ces après-midi funestes, où l'on sombre dans l'autocompassion et où l'on s'excite l'émotivité avec des souvenirs truqués. Devant un café bourbeux, entouré de jeunes étudiants qui sortaient de l'Hôpital général proche, aigreur de vinaigre dans l'air et coup de chaud du poisson fariné et frit, je réfléchis à ma condition sociale. Je relus, ébahi, la liste des choses que j'avais à payer dans les quinze prochains jours. Je cherchai un coupable et il n'y en avait pas. C'était une mécanique vitale. Deux cents rubriques pour le dictionnaire illustré équivalaient à trois mensualités du poste de télévision, un mois de loyer, six culottes en plastique pour la petite, trois biftecks d'environ cent vingt grammes, deux kilos de pommes de terre, deux d'oranges, un petit paquet de noix muscade en poudre, un magazine, dix douros à la concierge parce qu'elle vide quotidiennement la boîte à ordures, deux séances de cinéma pour deux personnes, une bouteille de whisky type flasque. Non, il n'y avait pas assez pour régler la note chez le libraire, peut-être de quoi donner quelque chose au vendeur de livres à domicile. Je me rappelai avec dégoût la quantité de livres que j'avais achetés et que je n'avais pas lus. La puanteur de cadavre qu'ils dégageaient. Je m'en servais pour faire des constructions architectoniques. Livres solides à la base : les œuvres choisies de Marx et Engels publiées par l'Académie des sciences de l'U.R.S.S. Les éditeurs m'avaient joué un sale tour : tous les tomes n'avaient pas la même épaisseur. Alors, je devais équilibrer les deux livres du bas à l'aide de l'essai de Ráfols sur la peinture de la Renaissance. Le Ráfols présentait l'avantage d'avoir été relié en basane dure.

Bien assis sur leurs bases, les murs doivent être faits de livres trapus et replets, par exemple *les Hauts de Hurlevent*, *Guerre et Paix*, un tome des œuvres complètes de Pérez Galdós. Le premier plancher sera mince mais dur (je ferais remarquer combien les éditions modernes sont peu adaptées au jeu de construction). Un bon plancher, c'était une vieille édition de *Robinson Crusoé*, mais une édition non moins vieille du *Robinson suisse* faisait aussi l'affaire. Il est important que les murs porteurs soient construits en livres cartonnés, en revanche les parois ne réclament que des livres brochés. Mes meilleures parois étaient constituées par *l'État et la Révolution*, du bon Vladimir ; *les Yeux du Père éternel*, de Zweig ; *les Nuits blanches*, un catéchisme de troisième année, des leçons de choses, etc. Pour les parterres, les clôtures, les grilles, les montagnes, les arbres, je me servais des livres tchèques de contes pour enfants que Muriel se faisait rapporter en prévision de l'avenir lecteur de notre fille.

Ce qu'on faisait aussi, c'était jouer à celui qui tire la meilleure carte, mais avec des livres. On vide les étagères et on entasse les livres au milieu d'une pièce. Les joueurs doivent tirer un livre du milieu du tas. Un arbitre évalue le livre et désigne le vainqueur. Par exemple, je tirais *Kangourou*, de Lawrence, et Muriel *Américanisme et Fordisme*, de Gramsci. Si le juge était un type normal, il donnait la victoire à Lawrence. Mais si le juge était un immonde progressiste, alors Gramsci l'emportait. Il y avait des affrontements spectaculaires, des décisions difficiles, des ruptures irréversibles. La fois où Muriel, ma femme, et moi, nous nous jetâmes l'un sur l'autre à coups de couteau, c'était la conséquence de ce que j'avais annoncé *Candide* et elle *l'Émile*. J'ai toujours pensé que Rousseau était un parfait imbécile, qui a eu l'immense chance de vivre dans une époque qui dictait les idées. À l'inverse, Voltaire était un sacré mec. Chez Rousseau, je n'aime pas l'échauffement de braguette irresponsable ; les enfants abandonnés à l'hospice. En plus, l'échauffement de Rousseau est un échauffement de gratte-papier cul-de-plomb qui met en branle les génitoires et les électrise pour toute la journée. À l'inverse, Voltaire était un seigneur.

Seulement voilà, l'arbitre était notre miniature de

biologiste, avec ses petites lunettes, ses boutons d'acné et ses varices, sa voix haut perchée et sa séborrhée capillaire. De ses lèvres imparfaites sortit le verdict :

– *L'Émile*, de Rousseau.

– Pourquoi ?

Muriel. – Pourquoi ? Eh bien, parce que l'arbitre l'a dit.

L'Arbitre (souriant). – Je m'en tiens au jugement donné par l'Encyclopédie soviétique. Vous pourrez y apprendre qui, de Voltaire ou de Rousseau, a été le plus important pour l'histoire du mouvement ouvrier.

Le sbire du Kremlin me regardait, dioptrique et chassieux, avec un léger tremblé de contraction du sphincter de son égout.

Moi. – Rousseau était un fils de pute, et un salopard, et un bureaucrate et un rat de bibliothèque, et en plus il était suisse !

Muriel. – Le revoilà avec ses *a priori* géographiques !

L'Arbitre. – Le peuple suisse, tôt ou tard, viendra prendre sa place dans la lutte pacifique pour une démocratie nationale et sociale. Guillaume Tell et Rousseau sont les preuves du génie d'une race.

Moi. – C'est un peuple d'Esquimaux, d'Allemands déguisés en Suisses !

L'Arbitre (grave et plein de son sujet). – Je dois te rappeler la longue liste de martyrs du peuple allemand tombés pour la défense du socialisme.

Muriel. – Et en plus, c'est moi qui ai gagné, point final.

Moi. – Pour un martyr allemand tombé pour la défense du socialisme, il y a cinq cent mille socialistes martyrs des Allemands !

Muriel. – Nous y voilà, le maximalisme petit-bourgeois qui ressort ! Nous y voilà !

L'Arbitre. – Je le répéterai, tout, tout !

Moi. – Tu vas la fermer, bureaucrate !

L'Arbritre. – Tu es l'allié objectif des ennemis de la classe ouvrière !

Moi. – Connard ! Fils de la grande pute !

Muriel (elle me griffe).

Moi (je lui flanque mon poing dans le nez).

L'Arbitre. – Fasciste ! Fasciste !

Moi (je manque tuer l'arbitre d'une baffe).

Muriel a ouvert la fenêtre et crie à pleins poumons : « Au secours ! Au secours ! »

Je m'adresse au public au milieu d'un silence rompu seulement par les hurlements de Muriel. Je récite :

Voilà l'histoire d'une exaspération ;
J'aimais la victoire et la révolution,
Le virus de la consommation fut ma perdition,
Névrosé, j'ai fait le jeu de la contre-révolution.

(Des cintres descend un camarade habillé en métallo, les bras en croix et le béret bien enfoncé. Sur sa chemisette bleue, il porte une pancarte : Héros positif.) Il dit :

Châtiment exemplaire te vaudra ton audace,
Pactiser avec le virus de la technocratie ;
Tu n'as pas lu tes classiques et as perdu la grâce,
Le péché d'orgueil sera ta disgrâce,

Viendront de longs temps de grande abondance
Si, aimant, tu te fies à ta bureaucratie,
Et tombera la grand-manne qui tout' faim rassasie.

(Un agent du fascisme international entre en scène, déguisé en brancardier de la Croix-Rouge. Il me donne en cachette un chèque signé pour une valeur de trois mille dollars). Tout à ma joie, je veux en faire part au public et crie :

« Trois mille dollars ! Trois mille dollars ! »

(Je tombe à genoux, les yeux exorbités et les mains cramponnées au chèque.)

« Merci, Rockefeller, merci ! »

(Le héros positif sort une sulfateuse et me pulvérise.)

Dans une dépendance latérale de la Maison-Blanche a été installé un bar provisoire destiné au personnel plus ou moins subalterne. C'est un coin agréable, décoré dans le style refuge de montagne. Jacqueline l'a fait dessiner par le décorateur de la chaîne d'auberges Valley ; il a la fraîcheur d'une vieille maison de pierre en été, la chaleur d'une vieille maison de pierre en hiver. Nous nous y réunissons parfois entre agents spéciaux et gradés de la police chargés de la sécurité du président. J'ai passé avec eux le dernier week-end et avec eux je brûle certaines de mes soirées à jouer au poker, à parler des femmes et à écouter des chansons représentatives des différentes nationalités des agents ici rassemblés. Les Américains sont en majorité, mais il y a aussi une bonne poignée d'Irlandais authentiques, un ou deux Scandinaves et Italiens. Il n'y a pas d'agents anglais. Kennedy ne veut pas d'agents anglais parce qu'il considère qu'ils ont le réflexe lent.

Sean Poverty est la plus grande gueule de nous tous. Parfois, il me rase comme seul peut raser un Irlandais ou un Galicien qui a une grande gueule. C'est-à-dire, un Celte qui a une grande gueule est beaucoup plus raseur qu'un Sud-Américain ou qu'un Européen du Sud qui aurait une grande gueule, par exemple. En effet, les Celtes ont une inflexion de voix monotone, leurs modulations sont peu variées et on dirait qu'ils racontent toujours la même histoire. Mais, certaines fois, Sean Poverty est touché par une invisible baguette magique inspiratrice et il raconte des histoires intéressantes. Sean faisait partie de la suite de l'amiral Horthy. Il raconte que, même devenu président, Horthy scrutait continuellement le sol à la recherche du moindre centime perdu. Où qu'il fût, il se baissait et ramassait la pièce. Jeune, il essayait de se cacher ou faisait un commentaire sarcastique pour démontrer son désintérêt de fait pour la somme récupérée. Mais par la suite, il prit l'habitude de ramasser les pièces qu'il trouvait sans se gêner et de les mettre dans la poche de son gilet. Horthy, toujours d'après Poverty, croyait aux sorcières et jurait comme un charretier. Il aimait la viande très cuite, presque réduite à l'état de feutre calciné, et se curait le nez avec les doigts et les dents avec les ongles. En revanche, il ne tolérait pas de porter une chemise plus de quatre heures de suite.

Sean Poverty a été pêcheur de morue et il connaît toutes les mers de tous les nords de cette terre. En revanche, il a peur des mers du Sud et croit à la légende du Saut Infini, légende selon laquelle, à partir de l'équateur, les eaux se précipitent dans une cataracte qui n'arrive jamais nulle part. À mi-profondeur, un peu plus haut ou un peu plus bas, nul ne le sait, demeure une jeune fille immortelle, qui possède sept seins, quatre pieds et deux yeux rouges phosphorescents. C'est une jeune fille violette qui se nourrit de nageoires de poissons transparents et aveugles. Elle s'appelle Maureen et elle est la fille de Sistorix le Bleu, grand roi du vent mauve du soir. Tragique destin que celui de ce roi, châtré par un baleineau plein de perversité et de luxure que les sorcières d'Érin condamnèrent à faire des tours sur lui-même pour l'éternité. C'est pourquoi, quelques mètres avant la chute de la cascade, un petit tourbillon permanent signale la présence du baleineau fou qui tourne et tourne sans arrêt pour les siècles des siècles.

Nous appelons Sean Poverty « le Voleur de bestiaux » parce qu'il volait des poules, en Irlande, pour commettre sur elles des actes malhonnêtes. Il fut emprisonné pour ses délicates habitudes et passa deux semaines en quartier de sécurité, mais un gardien, mû par les ressorts de l'esprit de clocher, lui apporta dans sa cellule certain plat fait de porc cuit aux choux. Ce gardien fut l'homme providentiel dans sa vie. Il sut ouvrir devant ses yeux les perspectives d'une existence honorable et constructive. Il eut confiance en Sean et lui offrit le poste de chef de l'économat de la prison ; là, Sean put se gaver principalement de sardines en boîte, de jambon d'York, de morue séchée et de haricots rouges. Il devint l'ami du gros cuisinier, un avorteur qui avait perdu le contrôle d'une aiguille à tricoter et avait abrégé l'existence d'une fille de la campagne des environs de Dublin. Le cuisinier était une des attractions des gardiens et des prisonniers de marque. Le soir, ils se mettaient à quatre pour l'asseoir sur une petite chaise, ils l'habillaient d'un manteau fait d'un dessus-de-lit, le coiffaient d'une couronne de carton et lui mettaient dans la main un sceptre fait d'un manche à balai. Le gros cuisinier ne tardait pas à tomber en transe et leur récitait les litanies d'Enoch Connolly pour convoquer les Sept Demoiselles Ailées. Après quoi s'assemblait un pittoresque cortège derrière le cuisinier qui parcourait les galeries radiales de la prison, pénétrait dans les cellules où dormaient les nouveaux et les obligeait à baisser leur pantalon au milieu des flammes des bougies larmoyantes. Alors le cuisinier soupesait avec sa cuillère le poids des couilles pendantes et, en cas de désapprobation, il donnait sur chaque roupette un coup de cuillère qui provoquait un hurlement et parfois une tentative de rageuse revanche, à laquelle les gardiens mettaient le holà pour ne pas avoir de scandale.

Une nuit, le cuisinier s'endormit alors qu'il récitait les litanies d'Enoch Connolly et un marin anglais bouta le feu à son manteau royal. Le cuisinier sentit la chaleur sur son pâle, immense cul terraqué ; il courut aussi vite qu'il le put, son cri devant lui et le feu par derrière. Tombé, piétiné, berné, il cessa d'être un cuisinier flambé, mais par la même occasion un homme. Ou, du moins, ainsi bramait-il, avec des larmes dans les yeux, le lendemain. Sean fut de ceux qui opinèrent qu'il ne l'avait jamais été, que sa fille n'était pas sa fille et que sa femme, maigrelette mais bien tournée, n'était pas sa femme au lit, non plus qu'elle n'était rousse de naissance.

Sean était un puits d'histoires. Un puits aussi profond que la chute de la cataracte du Saut Infini. Parfois, quand je le vois déchirer une pancarte de la main droite, tirant sur une tignasse fugitive de la gauche, un genou calé aux aines d'un corps tombé à terre et le pied de l'autre côté à demi enfoncé dans un ventre surpris, je dois me pincer pour y croire et je n'arrive pas à concevoir comment un tel degré d'efficacité peut se trouver chez un homme aussi enclin au souvenir et à la fantaisie.

Lady Bird :

Je n'aime pas que vous renifliez mes chemises quand je ne suis pas dans ma chambre. Souvent, avec une loupe, je découvre la trace du petit bout de votre nez rouge sur mes impeccables plastrons. Je remarque aussi que vous me faites les poches, que vous fouillez mes tiroirs, que vous sucez mes boules de naphtaline et que vous vous lavez les dents avec ma brosse à dents.

Si je vous surprends encore à commettre de tels actes, ou à m'épier dans les couloirs déguisée en dieu romain en plastique, selon une création de Walter P. Reagan, je vous jure que j'irai tout raconter à votre mari.

Morrison est un capitaine.

Un capitaine à la Errol Flynn : le capitaine. Il nous passe en revue comme si nous étions des outils délicats, par moments je dirais même qu'il nous conduit avec une force énergétique oculaire qui nous accompagne toute la journée. N'était sa manie de se frotter continuellement le visage, comme s'il essayait d'y effacer les millions de taches de rousseur dont il est couvert, on ne comprendrait pas pourquoi Morrison a été aussi maladroitement méconnu par les *talent scouts* du cinéma. Quand il se frotte la figure avec ses grosses pattes, celles-ci entraînent au passage la consistance de ses traits tandis qu'apparaît la masse gélatineuse de sa musculature faciale. Il ressemble alors à un monstre victime d'horrifiantes brûlures. La gélatine de son visage forme comme une poignée abandonnée de pâte molle faite de farine et d'œuf, au milieu de laquelle se détachent les déchirures des yeux et de la bouche sur le point de s'y délayer.

Morrison se frotte le visage toutes les deux ou trois minutes, où qu'il se trouve, et si je n'étais pas certain qu'il a un cerveau et une âme en briques, je dirais que le métier le rend anxieux, le met mal à l'aise, et qu'il cherche à effacer son identité coupable. Mais pour tout le reste, il demeure bien un capitaine. Si lui font défaut la péniche de débarquement, les drapeaux qui flottent au vent sous les obus ou sous les flèches, il a en surplus de l'eau dans son bidon et un ulcère au duodénum ne lui permet pas d'ingérer plus de dix boîtes de fayots dans leur jus par an. Ou seulement cinq si on les fait revenir avec des couennes de lard salé. Mais ses gestes exigent de nous des débarquements au corps à corps, des actes héroïques et désespérés que nous ne sommes jamais en état de mener à bien.

Tout à coup, après avoir composé le plus épique des faux chromos d'album pour la jeunesse, Morrison se détend. Il penche son cou, qui n'est guère robuste, sur sa poitrine et enfonce ses mains dans les poches de son pantalon. Il marche alors, dans un va-et-vient de talon-pointe extrêmement rapide, qui lui permet de s'éloigner sans que le spectateur ait eu le temps de le remarquer. On dirait la fin d'un gag hilarant dans lequel Jerry Lewis fait semblant d'être Errol Flynn, donne le change pendant quelques minutes, puis, percé à jour, s'en va sous les traits de Jerry Lewis, en un va-et-vient de talon-pointe extrêmement rapide, vers une sortie de scène délirante, tandis que la salle se fait péter les jointures à force d'applaudir.

Morrison me respecte.

Grâce à lui, je suis parvenu à pénétrer jusqu'au cœur de la moelle Kennedy et il ne me distrait presque jamais avec d'autres occupations. Jackie et John le traitent avec beaucoup moins de considération que moi, par exemple ils ne l'invitent jamais à dîner. Mais ils ont confiance en lui. Plus qu'en moi. Kennedy m'a dit un jour qu'il ne supportait pas les manières des agents de la C.I.A. ordinaires. Morrison, d'après le président, garde encore cette inquiétude sciatique qui le contraint à tendre le cou en dépit du bon sens et à regarder à droite et à gauche, même quand il va au cinéma, comme si la tension vigilante ne le quittait jamais.

J'ai échoué chaque fois que j'ai essayé d'aborder son vécu extra-professionnel. Il ne répond rien qui permette de le situer au-delà de la réalité dans laquelle nous nous côtoyons. Si on lui demande quelle est sa couleur préférée, il enfonce son cou dans ses épaules et accroche sur les traits de son visage une moue d'indifférence. Je ne sais pas s'il aime la boxe, ou les femmes. Une fois, j'ai fait une réflexion sur les fesses d'un groupe de filles qui se promenaient de l'autre côté des grilles de la Maison-Blanche. Je lui ai dit quelque chose du genre : « Je leur caresserais bien les fesses avec ma grosse matraque », et Morrison m'a répondu que c'était le boulot de la police en uniforme. Quand je lui eus expliqué le sens que je donnais à « grosse matraque », il ne m'a pas paru choqué, il ne s'est même pas cru obligé de m'encourager avec un sourire entendu. Il m'a planté là, désarçonné, avec mon explication qui tournait autour de ma tête comme un nuage agaçant que j'y aurais mis moi-même.

Il n'a pas d'opinions politiques très claires, quoiqu'il se montre parfois radical dans son conservatisme. Si je me souviens bien, pas plus tard qu'il y a quelques semaines, il m'a dit que Kennedy était aussi honnête que naïf.

– Il croit à la coexistence extérieure et intérieure.

– Pas toi ?

– Aucune importance. Je fais mon travail. Je pourrais parfaitement être d'accord avec lui, mais je connais le pays dans lequel je vis, et pas lui ; je crains fort que le président ne connaisse pas le pays dans lequel il vit.

Il me montra pour preuve un article de Walter Lippman qu'il avait découpé et rangé dans son portefeuille. On y comparait les vertus américaines de Kennedy et de Johnson. Selon Lippman, Kennedy est un président de luxe, excessivement cultivé, déconnecté du niveau moyen du pays. En revanche Johnson est plus « américain ». Morrison était d'accord avec Lippman. Je fus surpris par sa facette lectrice. J'étais surpris par ce Morrison inédit, rempli d'opinions personnelles, ou partagées avec Walter Lippman. Je lui fis passer une partie de ma surprise.

– Mais non, ce n'est pas mon opinion. Nous en reparlerons. Tu aimerais assister à une réunion avec mes amis ? Rien de subversif. Ils sont dans la John

Birch Society. Très fanatiques. Je ne pense pas tout à fait comme eux. Mais j'aime bien aller les écouter. Ils sont sains.

Morrison ne parle jamais de son monde affectif. On ne lui connaît pas de compagne. Il semble être né dans les écuries du pouvoir par génération spontanée. Par rapport au palais et aux Kennedy, on dirait quelque antique commis d'un magasin de produits coloniaux, grandi dans la boutique, et son cache-poussière avec lui, monstrueuse mixture de parent et de domestique qui finit par profiter de la protection de son patron pour se mettre un jour à son compte, s'acheter une épicerie à lui ou en louer les murs. Morrison a l'air d'un domestique dans l'ombre des Kennedy, tant il est un appendice qui s'encastre parfaitement dans la mécanique biologique du palais. Mais il n'aura jamais le pouvoir, ni en location ni en propre. Je ne lui sais pas d'ambition. Mais je peux me tromper. Je me rappellerai toujours le féroce personnage du sergent dans le roman de Norman Mailer, *Les nus et les morts*.

Je lui ai même demandé s'il n'avait pas posé pour le roman de Mailer, et son sens de l'humour désastreux lui a fait me répondre qu'il avait combattu en Europe et que le seul homme de plume qu'il avait croisé était un poète lyrique de Toledo (Ohio). Ils étaient camarades de tente, mais le poète était mort près de Dresde, dans une fusillade absurde entre soldats anglais et américains.

Quelques jours plus tard, Morrison m'apporta un papier jaunâtre sur lequel il avait gardé un poème de son compagnon mort.

– Il parlait toute la journée du livre qu'il écrivait. Le titre était *À l'ombre des jeunes filles sans fleur*. C'était un livre cochon, nous disait-il.

Le poème du copain de Morrison n'était pas mauvais. Il y traînait des restes du postromantisme de la génération des poètes anglais des années trente, mais on y devinait déjà la mort du temps et de l'espace, l'ensevelissement de l'expérience personnelle :

Je me promène dans une ville
sans rivages ;
le soir ment.
miroirs, adieux, fumées
qui dénoncent des retours
le pas des jeunes filles éloignées
me laisse seul,
elles ne prononcent pas mon nom, elles ne décrè-
[tent pas ma mort,
alors je reviens
aux couloirs lambrissés du souvenir
peaux, chairs, replettes silhouettes
mises à nu
le bruit des paupières quand elles se ferment
et peut-être
peut-être un cri littéraire a donné son nom
à l'instant où j'étais heureux
à l'ombre
toujours à l'ombre,
des jeunes filles en fleur.

L'espace d'un moment, très fugace, je crus que le poète n'était autre que Morrison. Puis je le vis là-bas, à quelques mètres de moi, plongé dans la mise au point d'un parcours que devait emprunter Kennedy, avec ses taches de rousseur au grand complet penchées au-dessus d'une table lumineuse sur laquelle elles projetaient d'irréelles petites ombres comme des taupes, avec les sourcils froncés d'Errol Flynn quand il est au bord de débarquer dans une Normandie d'ici ou d'ailleurs.

C'était tout à fait impossible.

On se retrouve embarqué dans ce métier parce qu'on veut échapper au chômage ou à l'une quelconque des formes variables du sous-emploi qui se mettent en place dans les pays qui ne sont ni développés ni sous-développés, mais tout le contraire. Dans ces pays-là, rien ne sert à rien et personne ne sert à rien. Pour vivre l'histoire, il y faut toujours au départ un simulacre de réalité et d'action. Ces pays pourraient disparaître de la carte qu'on le remarquerait à peine, tout en eux est petit et chiche, et seule cette étrange sentimentalité que savent distiller les peuples pour ne pas se laisser aller à un suicide collectif les empêche de se jeter à la mer comme des rats qui fuient un mouvement sismique. Ce sont des pays qui ne peuvent pas faire la révolution et ne peuvent pas non plus construire de véritable capitalisme ; cette double condition fait que les castes dominantes ne peuvent y être ni libérales ni dictatoriales, mais qu'elles ne peuvent pas non plus opérer une synthèse qui, en définitive, ne serait autre qu'une concession libérale. Alors, elles sont en alternance dictatoriales et moins dictatoriales. Tout le monde a peur de tout le monde, parce que ce monde est précaire et provisoire, éternellement provisoire, inamoviblement provisoire. Les minorités sont décomptées à l'unité et les majorités par trois (bien que la tendance à la répression sexuelle et aux façades blanchies à la chaux empêche le trio de progresser en tant que protoforme de vie collective). L'économie de ces pays peut être compilée dans un seul livre de bilan, et il y aurait assez d'un économiste sexdigitaire pour tenir la comptabilité nationale. Quant à la culture, mieux vaut ne pas en parler ou, plutôt, parlons-en. S'y établissent les règles d'un marché *comme il faut** et les professionnels de la culture y ont pour tâche de créer de la marchandise. Cette marchandise se divise fondamentalement en deux types, correspondant à deux emballages différents : les notices pour dictionnaires encyclopédiques et les heures de cours pour adolescents redoublants. Exceptionnellement, quelques rares intellectuels ayant derrière eux des années de métier se dégottent des boulots peinards, qui consistent à rédiger les légendes de certains travaux en papier glacé où l'on voit des Noires avec des nichons comme ça et le pont suspendu de Bilbao. Un autre groupe d'intellectuels blanchis sous le harnais peut donner sept ou huit conférences à des promotions itinérantes d'étudiants américains. Ces conférences sont payées en dollars.

Et tout le reste est misère ou, ce qui est pis, prémisère et postmisère, économique et intellectuelle, et vaine palabre fasciste, libérale et marxiste. Il faut les voir se vanter d'institutionnalisation du non-institutionnalisable, de libération du non-libéralisable et de l'opportunité des conditions objectives.

Qu'ils aillent se faire foutre.

Aujourd'hui, Jacqueline m'a demandé ce que je pensais des taureaux et de la poésie en Espagne. Lequel des deux était le plus courageux, d'« el Litri » ou de Dominguín. Lequel des deux était le plus courageux, de Goytisolo ou de Blas de Otero. Je lui ai dit que ce qu'il y a de mieux chez Goytisolo, c'est le *volapié* et que « el Litri » m'a toujours semblé monacal et un peu réactionnaire.

À dire vrai, ou bien on est avec Muriel, ou bien on est dans la C.I.A. L'autre jour, je pensais à ça à quatre heures du matin, quand j'ai été réveillé en sursaut par des coups frénétiques donnés sur une porte qui n'était pas la mienne. Les coups me remirent en mémoire le nombre de fois où nous avions eu peur de les entendre, Muriel et moi, avec l'angoisse pour l'autre au creux de la peau la plus sensible.

Et puis, il faut que vérité soit dite, cette histoire de C.I.A., c'est du bidon.

Le président a reçu aujourd'hui une invitation pour un voyage officiel à Dallas. Le gouverneur du Texas, Connally, a insisté avec des arguments que Kennedy a trouvés très valables. On ne peut pas vivre en tournant le dos au pétrole de ce pays, surtout dans un moment où l'Alliance pour le Progrès va entraîner des réajustements sur le Río Grande, au détriment de l'hégémonie d'un certain nombre de pétroliers texans. Kennedy a dit quelque chose du genre « la démocratie chimiquement pure ne peut plus s'exercer qu'en rééquilibrant ce qui est déséquilibré par les règles du jeu de la spontanéité ». Connally n'a rien compris et je crois que Robert Kennedy non plus, mais il approuvait. Robert n'approuve pas simplement pour passer la brosse, il approuve parce qu'il est, de sa personne, un parfait instrument d'expression politique. Le président a philosophé avec faconde sur l'avenir de la démocratie. Le libéralisme, allait-il jusqu'à dire, est plus qu'une simple doctrine politico-économico-sociale. C'est une humeur, au sens existentiel du mot. Quelque chose qui rappelle beaucoup ces affirmations de Breton dans le *Premier Manifeste surréaliste* : « Le seul mot de liberté est tout ce qui m'exalte encore. Je le crois propre à entretenir, indéfiniment, le vieux fanatisme humain. Il répond sans doute à ma seule aspiration légitime. Parmi tant de disgrâces dont nous héritons, il faut bien reconnaître que *la plus grande liberté d'esprit* nous est laissée. » Lionel Trilling, qui assistait à l'entrevue, a émis des doutes sur l'exactitude de la citation de Breton. Il l'a trouvée excessivement dogmatique et antilibérale. Pour Trilling, la fin de la citation devrait donner la variante... « Il faut bien reconnaître *qu'une grande* POSSIBILITÉ *de liberté d'esprit* nous est laissée. » Kennedy s'est reporté à son édition de Breton et la citation était tout à fait exacte, mais Trilling n'en a pas démordu : dans les annales rassemblant les déclarations de Kennedy, la citation devrait apparaître sous sa forme modifiée. Le président a empoigné le téléphone avec décision et a demandé la ligne directe avec Paris. De Gaulle était en Vendée, caressant des enfants en costumes régionaux et le contact a été retardé de quelques minutes. Enfin, de Gaulle à l'appareil. Il a donné son bon à tirer à la correction, sous réserve que Breton en serait avisé. Dans les archives du F.B.I., André Breton était toujours fiché comme communiste. Kennedy a prié Trilling d'aller à Paris pour négocier en douceur la rectification du *Premier Manifeste surréaliste*. Trilling a demandé des indemnités de voyage excessives, selon l'opinion d'Edward Kennedy, qui est un peu radin.

Le président a eu une moue délicieuse et un large geste vain qui traduisait exactement le *laissez faire, laissez passer**.

Je n'ai assisté en tout et pour tout qu'à une soirée de gala au palais des Sept Galaxies, mais je ne l'oublierai jamais. Les sept sphères de cristal resplendissaient avec une luminosité perceptible depuis le Potomac, chaque sphère prenait une coloration différente, qui ne correspondait pas aux couleurs traditionnelles. Jacqueline me dit que les couleurs lumineuses du palais avaient pour nom : indoor, kekhisem, duluen, coris, salial, pahuda et balisem.

Le kekhisem est la couleur du palais des réceptions. Il est préparé avec de la poudre d'aile de libellule et du jus de lilas en état d'heureuse attente. Il est indispensable que le mélangeur de couleur soit un alchimiste indien ne voyageant que de nuit et se nourrissant d'encens bien relavé. L'alchimiste doit revêtir une chasuble d'évêque et une petite culotte de demoiselle de quinze ans. Il doit tourner sept fois autour du creuset du Bulu Domenian et dire :

Dolisa dalei dondia siminem
Dalei dosia uliante cosima.

Les couleurs du palais sont conçues pour barrer la route à l'infiltration de Bacterioon. Les particules de Bacterioon forment une poussière autour des sphères, s'agitent exaspérées sous la lentille d'un grand microscope contenu dans un satellite artificiel. À l'œil nu, on ne les perçoit pas et les vieux de l'endroit signalent que les vagues envahisseuses ont diminué considérablement depuis le commencement du siège, en 1956. Kennedy n'était alors que sénateur, mais déjà les sorcières de l'Égée propageaient les dernières révélations des sibylles, et jusque dans les charcuteries de McArthur Street on savait que Kennedy arriverait tôt ou tard à la présidence.

Au fur et à mesure de leur arrivée, les invités pénètrent dans le grand hall de verre où la famille les reçoit sous un arc-en-ciel artificiel. John Kennedy a le geste dynamique, il serre des mains, mais tout le monde sait que la légère bosse qu'il a dans le dos est due au trône semi-invisible qu'a dessiné pour lui Charles Eames. Quand Kennedy est fatigué, il prend la posture assise et le trône apparaît par-dessous son quatre anatomique, couvert de pierreries faites dans le plastique le plus cher du monde serti dans un fer-blanc premier choix.

Quand les invités sont installés à leur place, surgissent à l'envi des jardins suspendus, ascendants, grimpants et daniasiques. À ce moment-là seulement, et pas avant, Kennedy prend une pose solyrique et les kérosoleils du pativienne se laissent aimer par les artases satisfaites. Alors, les hérauts des ambassadeurs jouent de leur clairon électronique et commence la cavalcade des nonces. Au-dessus de leur tête apparaissent des langues de feu aux couleurs de leur pays et une voix *off*, profonde comme le firmament, prononce leur nom et la nature du cadeau qu'ils offrent au président.

Espagne : Miel et sirop, un petit agneau d'Ocana et une cruche noire de Cangas de Narcea.

Portugal : Fromage blanc d'Évora, préparé par les dix mains les plus courtes des jeunes filles les plus minces de l'endroit.

U.R.S.S. : Une tonne métrique d'immortelles bleues, cultivées près d'une lagune sans nom de l'Oural.

France : Une bouteille en or pleine de beaujolais, millésime 345 avant J.-C.

Grande-Bretagne : Une cornemuse qui ne joue pas. Elle appartenait à un maréchal qui n'a jamais existé, vainqueur dans cent batailles et parent éloigné d'un vainqueur de Wimbledon.

Siam : Une vierge aux seins petits, née en position de danseuse, avec les paumes des mains tournées vers le haut et un demi-sourire nacré.

Italie : Un tableau synoptique créé par un groupe de prêtres progressistes spécialistes des langues sémitiques et champions du monde de cyclo-cross :

<table>
<tr><td>Tabar</td><td rowspan="2">te voglio bene</td><td rowspan="4">Adriana</td></tr>
<tr><td>Aérien</td></tr>
<tr><td>Dioptrie</td><td rowspan="2">dolmen</td></tr>
<tr><td>Équidé</td></tr>
</table>

Tchécoslovaquie : Un pain dormeur, de couleur jaune, confectionné par une paysanne slovène qui faillit être mère d'un cosmonaute soviétique, mais avorta.

Allemagne : Un escargot en acier inoxydable.

Ségovie : Un chien brun mal nommé *Le Blond*, réfugié dans une vieille église romane des templiers.

Grèce : Une sirène congelée, aux yeux sans pupilles, avec des écailles irisées.

Kennedy recevait tous ces cadeaux avec une inclination de la tête et Jacqueline tapotait gentiment les têtes des petits enfants qui les présentaient.

Une fois terminées les offrandes, nous nous assîmes tous et les haut-parleurs nous annoncèrent que T. W. Adorno allait nous faire un cours magistral sur le twist. Puis, du milieu de la salle est montée une grande estrade portant l'orchestre philharmonique de Vienne, dirigé par Herbert von Karajan. Adorno était soliste et il ne parlait que lorsque Karajan lui donnait le signal. Il a prononcé une sévère condamnation du twist et a lancé un avertissement aux adolescents du monde entier. S'ils ne cessaient pas de danser sur des rythmes castrateurs, lui-même, T. W. Adorno, cesserait de faire des conférences radiodiffusées sur la correspondance de George avec Hofmannsthal. À l'issue de la conférence, plusieurs adolescents cultivés (parmi eux le fils aîné de Bob Kennedy) sont accourus autour du maître pour tâcher de le faire changer d'avis. Après avoir longuement insisté, ils ont fini par obtenir gain de cause et Adorno a remis sa décision à la prochaine année lunaire.

Toynbee passait dans les salons en clamant à qui voulait l'entendre que, sous le règne des Kennedy, diront les historiens, « fleurirent les arts et les lettres ». Kennedy (je l'ai lu dans ses yeux) ne savait pas s'il devait le jeter aux chiens ou sourire modestement. Après, il l'a jeté aux chiens. Quelques cris de protestation furent étouffés par les impertinentes stridences de l'archet de Casals, avec lequel le maître réclamait le silence.

Ensuite, on a ouvert le bal et Jacqueline a rempli aussitôt son carnet avec les noms des jeunes hussards d'Alexandra. Au centre du salon a jailli une fontaine de martini dry et quelques jeunes diplomates ont essayé de plonger tout habillés dans la petite mer intérieure que Kennedy a fait installer dans la deuxième galaxie. Le vieux Joe Kennedy les a jetés dehors à coups de canne.

Il y a quelques jours, j'ai failli me fiancer officiellement avec Nancy Flower, une puéricultrice de l'institution Ann Mary Moix. Je l'avais ramassée à huit kilomètres de Washington, trempée jusqu'aux os par une pluie glacée, ses cheveux blonds transformés en bouquet de cordelières pendant sur ses épaules. Nancy ôta ses bas à peine assise à mes côtés et, du coin de l'œil, je pus voir la courbe exacte de son mollet tandis que le bas se décollait peu à peu de sa chair, comme une peau qui craint la solitude. La jeune fille se frotta les jambes plusieurs fois et, la bouche plaquée contre ses genoux, elle essaya de les réchauffer de son haleine. Parfois, elle laissait courir son œil gauche sur mes mains au volant ou sur le trajet de mon profil affronté à l'autoroute. Elle entreprit ensuite d'étirer longuement son dos contre le siège, les bras croisés derrière la nuque : je me rendis compte alors que la poitrine de Nancy était menue, que sa taille était haute et très mince et que la ligne qui commençait à la pointe de son menton et se terminait à la pointe de ses pieds, après avoir parcouru son corps assis, était un espace géométrique ouvert et parfait, qui appelait l'admiration d'une main curieuse et bien élevée. Nancy, experte en gestes adéquats, a incliné ensuite sa tête sur son épaule gauche et j'ai pu voir ainsi son visage de face, quelques secondes, parce qu'en une délicieuse envolée du cou, elle a effectué une rotation à cent quatre-vingts degrés (approximativement) et son visage a fait face au paysage transfuge et houleux sous la pluie. De son précaire mirador, elle m'a parlé d'une voix épaisse comme de la confiture de framboises. Oui, j'étais étranger. Comment l'avait-elle deviné ? Le peu d'américain que j'avais utilisé dans notre bref dialogue était-il si mauvais ? Mon américain n'est pas fameux, mais d'un autre côté ma manière de conduire est révélatrice. Un Américain ne conduit pas avec les mains sur les branches du volant, il ne regarde pas non plus avec le scepticisme que j'y mets les pancartes publicitaires sur les bas-côtés et il ne commence pas à examiner visuellement une jeune fille en lui reluquant les mollets. Trois sophismes évidents, mais que je fis mine de prendre pour bonne logique et je m'émerveillai même facialement avec la plus charmeuse des moues.

C'était mon jour de repos. Nous dînâmes au *Gilber's House* d'un excellent *goulash*. Après, Nancy me laissa déboutonner son chemisier à trois rues de chez elle. Ma main droite connaissait déjà la remarquable consistance de ses petits seins quand je garai ma voiture devant sa porte. Après, Nancy eut le bon goût de garder sa main agrippée à la minuterie pendant que nous descendions dans l'euphémistique abîme du plaisir. Peu après, nous y descendions une deuxième fois et Nancy reprit en main la minuterie, détail qui me plut plus que je ne saurais dire.

Le lendemain, nous nous retrouvâmes dans un *snack* de Monroe Street et nous nous promenâmes sous les lampadaires allumés de Hudson Square. Nancy fit soudain quelques entrechats, attrapa un réverbère d'une main et se mit à lui tourner autour. Elle s'arrêta devant moi et, ses yeux cherchant les miens, chanta :

Cette nuit m'apparaît
Plus étoilée que les autres,
Même les toits, là-haut,
Sont à portée de ma main,
Mon cœur me dit
Que je suis amoureuse d'un roi étranger,
Mais mes lèvres
Ignorent le langage de l'amour.

Je me mis à faire des claquettes et, les bras tantôt en croix, tantôt serrés sur mon giron, je tournai plusieurs fois autour de Nancy, qui recommençait à tourner autour du réverbère. Je chantai, moi aussi :

L'amour n'a pas besoin de mots,
Mais de baisers, de caresses, du contact sur la [peau
De draps nus, comme le désir
Qui permet aux amants de se dire :
Le bonheur est partout dans ce que je vois.

Nancy insistait :

Cette nuit m'apparaît
Plus étoilée que les autres...

Et moi, je ne cédais pas :

L'amour n'a pas besoin de mots,
Mais de baisers, de caresses, du contact sur la [peau...

Notre duel harmonique dura un quart d'heure. Nous finîmes par nous asseoir, épuisés, les pieds dans le rond de terre qui entourait un arbre et le dos tourné à la circulation nocturne. Nancy dit d'un ton détaché : *I love you.* Je me souvins de Muriel. Je me souvins du petit appartement qui donnait sur des terrains vagues, dans lequel débuta notre vie commune, que nous nous mîmes à remplir avec nos premiers objets vraiment à nous, qui fut bientôt occupé en permanence par les cris de nos disputes. Muriel avait un tout petit visage. Parfois, quand elle dormait, il suffisait d'un creux dans l'oreiller pour que son visage disparaisse de mon champ de vision.

Elle avait les yeux un peu ronds, mais très incisifs, et quand elle souriait, on avait toujours la sensation que ce sourire-là méritait quelque chose en échange. Muriel et moi, nous avons marché main dans la main jusqu'à la minute qui a précédé notre séparation.

J'étais resté le regard fixe sur son long cou, pour le cas où elle tournerait la tête. Je préparais mentalement une phrase ingénieuse censée réparer la chaîne de nos jours et de nos désirs. Peut-être avais-je mal choisi le paysage de nos adieux : la rue la plus commerçante de la ville, celle où il y avait les vitrines les plus alléchantes, les plus gorgées de promesses. Mais le fait est que Muriel ne tourna pas les yeux vers mon immobile espérance, et peut-être que je ne la reverrai jamais.

Tartre, morpion, pyorrhée, pellicules, laiteron, urinoir, merde, mastroquet, couilles, par mes couilles, de mes couilles, mes couilles, crachat, filandreux, père, mère, breloques, clopin-clopant, manchot, infirme, taré, bâtard, glandeur, terre, friche, miche, bise, pipi, pisse, pisse-au-lit, va chier, puce, puce à gale, gale, éruption, étalon, salope, entrailles, mes entrailles, fils de mes entrailles, fils, cul, fesse, ventru, couillu, pipe, gaspilleur, trouduc', peine-à-jouir, châtrer, châtreur, organique, organes, roupettes, rillettes, mouillettes, touffe à minette... Ma langue se frotte de cette manière dans la grotte de ma bouche, les *r* m'arrachent la peau fine de la glotte, et jusqu'aux résidus les plus cachés de tous les laits (ou les spermes) que j'ai tétés filent le train aux mots de ma langue.

Il est parfois indispensable d'exécuter ces exercices avec une cigarette entre les doigts, à demi consumée. Pris par la nuit, Washington se cache derrière les vitres, sous la brume. La dalle du monde pèse sur le centre de mon cerveau. Notre symphonie de *r* peut à peine chatouiller le mol horizon anglo-saxon, toujours en retard d'une prononciation, toujours ambigu dans les sons, comme si les mots ne se prenaient pas au sérieux.

Un des amusements de Lady Bird consiste à transpercer son mari avec des aiguilles à tricoter. Ce sont des aiguilles en or et métal argenté, très fines. Ils prétendent tous les deux qu'il s'agit d'une variante kiowa, anthropologiquement inexplicable, de l'acupuncture. Mais même les esprits les plus lents n'ignorent pas qu'il s'agit d'une tentative permanente d'assassinat qui s'est prolongée tout au long de leur histoire matrimoniale, pour devenir spécialement acharnée maintenant qu'ils touchent à la fleur de la vieillesse.

Quand Johnson était petit, le médecin de famille avait dit à ses parents qu'il avait le cœur placé dans le bout du nez, et que c'était pour cette raison qu'il avait le nez si gros. Personne ne le crut. Ils virent dans cette assertion une plaisanterie suscitée par l'enfant, très gâté question nez. Mais chacun sait que Johnson n'a pas le cœur à sa place et Lady Bird lui plante des aiguilles pour essayer de le trouver. Mme Truman lui conseillait d'essayer de lui transpercer le bout du nez.

Lady Bird a peur que ce ne soit vrai, qu'il ait le cœur là placé et que le jeu ne s'achève sur une victoire de sa patience qui la priverait du plaisir de l'exercer.

Bacterioon n'est visible que sous la puissante lentille du microscope *Davy Crockett*, installé dans le satellite artificiel *Moonstar*. Il n'empêche que la vision qu'on en a est insuffisante pour éclaircir tous les mystères posés par cette substance bactéricide, qui offre l'aspect d'une pulvérulence diffuse de plus en plus présente, en lutte ouverte avec l'air lui-même, s'infiltrant par toutes les fenêtres ouvertes de la matière vivante et de la matière morte, envasant les canaux sanguins de l'homme et recouvrant peu à peu, comme un doux tissu, jusqu'aux anfractuosités les plus petites. On ne sait rien sur la nature réelle de Bacterioon. On la suppose présente de tout temps et en tout lieu, autogène et autolucide. Plus mystérieuse encore est la mutation qui lui permet d'entrer en relation intelligente avec les êtres humains et de former, entre autres associations, celle des corps spéciaux d'espions qui mettent en œuvre dans le monde entier la lente mais sûre conquête de Bacterioon. Tel qui a essayé de défendre l'Humanité contre ce danger n'a réussi qu'à lui appliquer des mots vagues qui se rapprochent à grand-peine de certains rares effets de Bacterioon. Ces mots sont « relativisme », « asepsie », « scepticisme »..., ils veulent tout dire et ne disent rien. Le mot « destruction » est celui qui traduit le mieux la complexité de sens de cette puissance mystérieuse. L'astrologue Niemeyer prétend qu'il s'agit d'une substance biochimique qui s'est formée dans l'épiderme des *clochards** de Paris et s'est répandue dans le monde entier. À l'inverse, Nosdratus, grand alchimiste et magicien du *Labour Party,* jure sur ce qu'il a de plus sacré que Bacterioon naît avec l'Humanité même et ne se développe qu'au moment où sont réunies les conditions optimales pour sa croissance. Les historiens partisans des explications menstruelles disent que l'action de Bacterioon se renouvelle cycliquement tous les trois cents ans. Pour eux, apparemment, tout a commencé dans le Paradis terrestre. Ce fut le bactérioonisme qui poussa Ève à bouleverser le destin du genre humain pour une pomme. Il est très difficile de fixer les dates des apparitions cycliques postérieures jusqu'à la chute de l'Empire romain. Dans la suite, tout s'enchaîne parfaitement : l'invasion arabe ; les différends unitaires européens en matière de politique et de religion ; la putréfaction morale de la Renaissance ; la funeste révolution libérale qui précipita la chute des principes de la famille, du syndicat et de la commune. Trois cents ans plus tard, c'est-à-dire à la fin du XXe siècle, Bactcrioon reviendra faire son tour de piste. On peut apercevoir des germes de relâchement moral à l'échelle universelle. Bacterioon se manifeste sous les formes les plus surprenantes et, en général, sape avant toute chose la morale et les coutumes. Ainsi, Daniel Defoe, Addison, Steele, Swift, Rousseau, Diderot,

Voltaire..., les grands agents intellectuels de Bacterioon au XVIIIe siècle, s'appliquèrent d'abord à détruire toute sorte de normes, toute permanence de la logique de l'action propres à *l'Ancien Régime**. De nos jours, les prophètes du nouvel anarchisme et du libertinage sont les agents de Bacterioon. Et si n'intervenait pas l'action énergique de l'U.R.S.S. et des États-Unis pour ressusciter l'esprit pionnier, le scoutisme et les jeux éducatifs et olympiques, il est très probable que les prochaines générations ouvriraient en grand les portes de Troie et que les Chinois profiteraient d'une situation qui ne leur fait ni chaud ni froid.

Mais moi, je sais, mieux que personne, que Bacterioon n'est rien de tout cela. Je sais, moi, que Bacterioon n'est rien d'autre que la peur historique du changement, forcée dans ses derniers retranchements, résistant à l'assaut final de la raison, désespérément opposée à la naissance de la liberté, rendant inévitable la lutte pour obtenir ce qui devrait couler de source. Et si l'on me demandait pourquoi Kennedy, la C.I.A., le stalinisme, Bacterioon, le fascisme réel ou souterrain luttent pour la même chose et ne sont ennemis qu'en apparence, je répondrais qu'à bien y regarder ils ne se battent pas entre eux. Ils se contentent de se surveiller les uns les autres comme s'ils étaient des systèmes de sécurité garants des erreurs et des échecs successifs de l'approche de Bacterioon : la définitive arrière-garde de la non-vérité.

Kennedy a voulu que j'assiste à l'audience accordée à un groupe de républicains espagnols en exil. Auparavant, j'ai été témoin de la présentation par le nouvel ambassadeur de Thaïlande de ses lettres de créance et d'une brève rencontre-poignée de main entre Kennedy et Johnson. Le vice-président a demandé à Kennedy un poste d'ambassadeur pour un Texan qui est un ami d'enfance à lui. Kennedy, en échange, a obtenu que le Congrès approuvât le budget spatial qu'il lui faudra défendre dans une semaine. Johnson s'est plaint des rumeurs qui circulent sur de prochaines nationalisations pétrolières au Brésil, en Argentine et peut-être au Pérou. Les industriels du pétrole sont nerveux devant un exemple qui risque de faire tache d'huile. Kennedy lui a opposé que la ratification de ces mesures est indispensable pour assurer le succès de l'Alliance pour le Progrès, et qu'au prix du sacrifice de certains intérêts pétroliers ils obtenaient un compromis politique intéressant face à l'option révolutionnaire castriste. Johnson a dit qu'au Texas on aurait réglé ça à coups de matraque et Kennedy l'a poussé vers la porte avec une bonne claque dans le dos, en lui promettant deux billets pour le match des Yankees contre les Giants.

La délégation espagnole s'est ensuite présentée. L'opération consistant à entrer dans le bureau a été laborieuse. Quelques vieux politiques étaient en chaise roulante, d'autres allongés sur des civières, et si plusieurs étaient à pied, ils avançaient à pas comptés, donnant à leur marche un certain air de solennité. Ils ont incliné la tête devant Kennedy et ont formé le cercle autour de lui. C'est une expédition qui fait le tour du monde. Elle venait en droite ligne de Lourdes, où ils s'étaient tous rendus avec des demandes politiques. L'un des vieillards, le plus invalide, est arrivé à les faire taire et nous avons pu l'écouter :

– Je l'avais déjà dit à votre père en 1940, Excellence ! Je l'avais déjà dit ! Votre père m'a dit : Mestres, je compte sur vous ! Souvenez-vous-en, Excellence : Mestres, je compte sur vous !

Devant la perplexité de Kennedy, un des assistants lui expliqua que Mestres croyait dur comme fer qu'il était le fils de Roosevelt et que toutes leurs tentatives pour le faire changer d'idée avaient été vaines. Kennedy a baissé la tête, l'œil brillant de larmes synthétiques, et a dit :

– Que de souffrance brûlée par l'Histoire ! Comme dirait Dürrenmatt : Voici venu le temps où il faut lutter pour ce qui est dû !

Un vieux secrétaire de commune de Burgos, ancien membre du parti de Martínez Barrios, a prononcé quelques mots au nom de tout le groupe :

– Excellence, depuis 1939, nous avons eu plusieurs fois l'honneur de nous adresser à un président américain. Une fois encore, nous venons rappeler à Votre Excellence la dette contractée par les États-Unis envers l'Espagne depuis les temps de l'Indépendance. Certes, l'aide accordée alors par l'État aux révolutionnaires ne le fut que pour des raisons de stratégie antibritannique. Mais les classes éclairées de notre pays, ces Espagnols qui défendaient les Lumières contre l'obscurantisme, étaient le fondement moral de cette attitude de l'État. Et, en définitive, Excellence, nous sommes les mêmes que ces Espagnols-là. C'est sur nous qu'est retombée la malédiction du Hollandais volant. Les Espagnols libéraux, dont nous sommes, sont forcés à un exil périodique depuis 1814. Un grand poète espagnol, Excellence, Antonio Machado, saint Antonio Machado pourrions-nous aller jusqu'à dire, a écrit qu'en Espagne tout mouvement progressiste de surface s'en voit opposer un autre plus profond, qui finit par le réduire à néant. Un jour viendra où naîtra enfin cette Espagne sans cesse remise à plus tard. Entre vos mains se trouve une grande partie de la force morale et matérielle du monde libre. Nous ne voulons pas être les esclaves du Kremlin, mais nous ne voulons pas non plus être les esclaves des forces les plus réactionnaires. Une fois encore, Excellence, nous demandons l'aide de votre grand peuple.

Kennedy leur répondit :

– Messieurs, chaque fois que je pense à l'Espagne, je sens mon cœur qui se serre. C'est ce qu'éprouvent tous les Américains qui, de près ou de loin, ont suivi les événements de votre guerre civile. Mais la politique se nourrit de réalités. Et la réalité actuelle, c'est la fermeté du régime politique espagnol, la place dans la stratégie anticommuniste qu'a prise l'Espagne de Franco. Je vous suggère une autre audience. Pourquoi n'allez-vous pas parlementer à Madrid ? Les années ont passé, les blessures doivent cicatriser. Je vous enverrai une lettre de recommandation et je vous obtiendrai des garanties pour que vous puissiez entrer en Espagne et ressortir sans problème.

Mestres interrompit le discours présidentiel :

– Je l'ai dit à votre père en 1940... Et votre père m'a dit : « Mestres, je compte sur vous. » Après, je n'ai plus revu votre père... Il y avait Prieto avec moi. Il est entré dans la salle sans faire de chichis et il lui a dit : « Franklin, mon vieux, tu n'as pas changé. » Et votre père, Monsieur le Président, lui a donné une accolade énorme, comme les arènes de Barcelone. Votre père m'a dit : « Mestres, je compte sur vous »... Churchill me l'avait déjà dit, Mestres, je compte sur vous... Attlee... Staline... Mestres, je compte sur vous.

Jacqueline aime beaucoup se promener sur les rives de la rivière artificielle qui, tous les mercredis, étale ses méandres autour des galaxies, magiquement mise en apesanteur par le talent programmateur de Walter P. Reagan. Elle se plaît à cueillir des fleurs, à en remplir son jupon, relevé en manière de mol panier où je lui en envoie au fur et à mesure. La jeune femme chante de délicieuses chansons pleines de nostalgie, tandis que ne la quitte jamais une guirlande de fleurs enluminées aux couleurs Caran d'Ache.

Une croix, la dalle froide,
Quatre fleurs déjà fanées,
C'est là tout ce qui me reste
De la vie qu'avons menée.

Raconte au monde tes bonheurs
Et ne lui confie pas tes peines,
Mieux vaut faire envie pour toujours,
Que pitié au monde à l'entour

Jacqueline alors, quand elle se confie à moi en castillan, a la même voix que celle qui double Grace Kelly dans ses films espagnols.

– Dites-moi. Vous me trouvez belle ?

– Il m'est interdit de faire la cour à l'épouse du président.

– Interdit ? Par qui ?

– Par mon honneur, madame.

Jacqueline pousse des cris et se met à courir les bois, comme elle m'y a habitué, tous les mercredis. Pendant sa course, elle éparpille ses fleurs sur l'herbe spontanée, sur les champignons appétissants qu'on ne m'autorise pas à cueillir parce que les gens n'ont pas trop confiance ici dans mes connaissances et ils craignent que je ne déclenche une épidémie. J'ai beau leur expliquer que les *rovellons* au boudin de *La Garriga* sont excellents, peine perdue. Reagan n'a pas programmé cette question-là, les champignons n'étaient pas prévus.

Pour être heureux il me suffit
D'un livre qui me retienne,
De lèvres qui me sourient
Et d'un baiser qui me soutienne.

– Vous savez quoi ? dit Jacqueline qui court et semble laisser en arrière cinquante pour cent de sa jolie chevelure courte. Je ne suis pas heureuse.

Elle s'arrête net, après avoir soigneusement rétrogradé et mis au point mort.

– J'ai tout essayé, tout. Ma sœur, la princesse, m'invite dans des croisières avec des gens extraordinaires, mais après je reviens, et ma tristesse avec moi.

– C'est très agréable, les croisières.

– Ce n'est pas le mot. Il y a des gens fascinants. Aristote.

– Onassis ?

– Une personne formidable. Croyez-moi. Pas un personnage. Une personne.

Jacqueline défendait son point de vue avec passion,

les yeux fermés, les épaules en avant et sa lèvre supérieure suçant très fort sa lèvre inférieure.

– Mais ici, à Washington, vous ne manquez pas de stimulants. Les gens sont intéressants aussi. Le président lui-même.

– Intéressant, John ? Si vous le dites. Mais il est très pénible. Un véritable casse-pieds, je vous jure. Si je vous racontais. Un jour, peut-être, je vous raconterai. Et vous êtes bien placé pour savoir que les autres aussi sont pénibles. John est un enchantement à côté des autres. Surtout le fameux petit groupe de grosses têtes qui l'entourent. Comme grosses têtes, zéro, cela dit entre nous... Mais il y a de braves filles qui se retiennent, vous voyez ce que je veux dire ? parce qu'elles savent ce qu'elles ont à faire. Je ne suis pas comme certaines, et je ne vise personne en particulier en disant cela, vraiment personne. Mais si je parlais ! Je suis sûre que vous ne pourrez pas me rattraper !

Alors, comme tous les mercredis, nous courons jusqu'aux portes du palais. Et si je me retourne, comme la femme de Loth pleurant les horizons perdus, je découvre, comme toujours, que la rivière a disparu, remplacée par une impeccable nuit étoilée en Technicolor « Columbia » des années quarante.

Mais je ne me transforme pas en statue de sel.

Chaque fois que je couche avec Nancy Flower, ou avec la secrétaire particulière de Robert Kennedy, ou avec une bonniche du *Stuart Hotel*, je ressors de l'épreuve la tête pleine d'images de souvenirs brisés. Après, je reconstruis les visages à partir de tous les fragments et j'obtiens toujours des photographies irréelles de choses que j'ai vécues avec Muriel. Parfois, c'est le poids soutenu et tiède de son visage emboîté dans le creux de ma main. Parfois, c'est l'espionnage de sa respiration. Parfois, l'emmêlement de sa chevelure sur l'oreiller ou sur le sable de la plage. Un sourire. L'embarras d'un adieu ou une arrivée émue. Non que Muriel soit meilleure ou pire que ces filles-là, son corps non plus n'était pas plus beau, surtout si je le compare à celui de la secrétaire particulière de Robert Kennedy. Muriel, l'incommode Muriel, était un témoin intéressé de ma vie et même si tout intérêt est ambigu et que, dans l'intérêt de posséder, gise le substrat de la destruction, la possession protège comme une vieille couverture de temps, mais pleine de la vitalité d'une laine connue, adaptée à la peau nue comme une patrie tiède.

La sauvegarde de l'unité d'un couple est un exercice artificiel, mais je connais très peu d'exercices qui soient rigoureusement naturels : manger, pisser, chier, dormir et, peut-être, forniquer, bien que je voie de plus en plus dans la fornication un acte culturel. Oui, il s'agit bien d'un exercice artificiel dans lequel on ne doit pas s'arrêter de faire le calcul des profits et des pertes. Dans ce précaire équilibre peut s'organiser une vie commune, quelquefois durable. Mais il arrive, surtout sous la pression de circonstances extérieures, que l'équilibre soit rompu et qu'on perde la roue, comme le coureur cycliste qui prend du retard sur celui qui assure le train et ouvre le vent. Ce qui arrive alors, c'est qu'on ne refait jamais la distance et qu'on se retrouve de plus en plus loin de l'état de fait passé.

Peut-être que je reviens sans cesse à l'image éclatée de Muriel parce que je suis envahi par l'angoisse de ce coureur qui pédale seul et qui sent qu'il ne peut plus gagner cette course-ci ni aucune autre, parce qu'il ne peut pas non plus abandonner la course qu'il ne gagnera jamais. Il est finalement très compliqué de remplacer les conventions dans lesquelles on a vécu par d'autres et, en définitive, cette substitution se révèle toujours absurde car l'existence, j'ai bien étudié la question, est une succession de mouvements sans fin.

Kennedy aime, plus que tous les autres secteurs du palais, un petit bureau d'ex-président en exil, qu'il a fait décorer par le précoce Alexander, le grand rival de Walter P. Reagan. Parmi les rêves les plus caressés par le président, il y a celui d'un possible renversement, d'un hasardeux exil romantique dans une ville de bord de mer et du retour triomphal par-dessus la mortification de la défaite.

Alexander a décoré le bureau d'appoint dans un *style** franciscain très influencé par les scénographies des *Justes*, de Camus. Le costume de l'ex-président en exercice est à la hauteur des circonstances : il ne lui manque ni le gros pull à col roulé, ni la veste en velours côtelé, ni la pipe culottée qu'il mord avec une force de caractère éprouvée dans les tribulations historiques par lesquelles il lui a fallu passer. Il mord sa pipe avec toute la rigueur dentaire voulue, et se tient, très utilitaire, devant la baie vitrée d'où il scrute une mer imaginaire sur laquelle arrivera la frégate toute-puissante du *nous sommes parés*.

Kennedy a les cheveux qui blanchissent quand il entre dans la pièce de ses rêves. Son dos se voûte davantage mais, en revanche, son demi-regard est plus farouche et sa barbe devient plus fournie grâce à certain exploit technologique que Reagan n'avait pas réussi et dans lequel Alexander est passé maître,

maître des ressorts qui transforment l'architecture humaine en la nature même. Avec la lenteur des hommes qui savent attendre, le président arpente l'estrade minable sur laquelle croît un vieux bureau de chêne. C'est là que le malheureux président en exil se retire pour méditer les décisions qui échappent à la compétence de son *trust* de cerveaux, et peu nombreux sont les élus qui connaîtront cet ultime réduit de son intimité.

C'est pourquoi je prononçai le fatidique « je ne sais pas si je dois » quand le président m'invita à goûter dans le secret de son cabinet. Devant mon trouble sincère de simple sujet saisi par l'émotion, Kennedy sourit comme seul peut et doit sourire un président kennédyste. Il assuma donc mes rougissements, mes respects, la distance où j'étais, et me posséda au moyen d'un coup de pied spirituel pour lequel il me fallut encore le remercier.

J'entrai dans son réduit à quatre heures de l'après-midi. Kennedy scrutait l'horizon marin avec sa longue-vue. D'un geste vague, presque involontaire, il me fit taire et me dit de m'asseoir. Je choisis un vieux coffre couvert de ferrures à la fois astiquées et soigneusement rouillées. Kennedy se détourna de son poste de guet, avec la main il effaça de son œil le poids des déceptions et le sommeil d'heures et d'heures d'attente vitrée. Il but une longue rasade de rhum d'un tonnelet hollandais et éructa, d'un rot pathétique d'exilé. À propos du président, j'ai oublié de décrire le sémantème de l'œil borgne, auquel j'ai fait allusion au passage lorsque j'ai parlé de demi-regard. Simplement, dans les occasions telles que celle que je décris, Kennedy est bel et bien borgne, il arbore une création hors de prix de Peter Tchermayeff en guise d'œillère piratesque.

Il reposa un livre sur l'étagère en vieux bois noueux et s'écroula, en bonne logique compte tenu de l'épuisement littéraire qui accable habituellement les personnages dans ce genre de situation. Il s'écroula de tout son haut dans un fauteuil de marine, logique dans ce contexte décoratif, mais légèrement modifié par le cabinet spécial de designers de chez McGuire.

– Croyez-moi, Salvador, me dit-il ; la plus grande des calamités qui touchent la vie humaine, ce n'est ni la peste ni la faim, mais ce sont les passions humaines non réduites à raison, et là-dessus saint Jean Chrysostome a dit : « Parmi tous les maux, l'homme est le plus grand des maux ; chaque bête a son mal, et ce mal lui est propre ; mais l'homme est tous les maux à la fois. Le Démon lui-même n'ose s'approcher du juste ; mais l'homme est près de le mépriser. » Et il dit ailleurs, toujours sur la même question : « On a comparé l'homme aux ânes ; or il est pire d'être comparé à l'âne que de naître âne ; parce qu'il n'y a pas de mal à être, de par sa nature, privé de l'usage de la raison ; mais que l'homme, doué de raison, soit comparé à la brute, voilà le crime de la volonté. » Ainsi nos passions nous ravalent-elles à une inférieure condition. Qui croirait ce que les hommes ont à souffrir des hommes mêmes : de leur envie, de leur colère ou de toute autre de leurs passions. Quelles sont les souffrances que valut à David l'envie de Saül ? Exils, faims, dangers, guerres. Et Élie, à quoi le réduisit le désir de vengeance de Jézabel ? Il l'affligea plus que pestilence, parce que du vivre même il sentit le dégoût. Naboth, l'envie d'Achab lui ôta la vie aussi vite que la lui aurait ôtée la peste. Y eut-il croup ou peste pis que l'ambition d'Hérode, qui fit trucider force milliers d'enfants ? Y eut-il à craindre contagion plus mortelle que le naturel de Néron et d'autres qui, possédés de leur passion, ôtèrent à beaucoup la vie pour leur seul et unique plaisir ? Non, je vous en prie, Madariaga, ne m'interrompez pas. Vous savez que le grand Tullius a écrit : « Les désirs sont insatiables, et ils ne détruisent pas seulement les personnes particulières, mais des familles entières, et même ils ruinent toute une république. Des désirs sont issus les haines, les conflits, les discordes, les séditions et les guerres. » Quelles sortes de tourments et de mort n'ont essayées la haine et l'humaine cruauté ? Quelle classe de poisons la passion des hommes n'a su trouver ? Orphée, Orus, Médèse, Héliodore et maints autres auteurs découvrirent cinq cents manières d'administrer des poisons secrets, et maints autres en augmentèrent le nombre. Mais au spectacle de ce qui se passe ici ou là en ce jour d'hui, ils étaient ignorants ; car plus rien ne fait fond, et l'on a vu se donner du poison, alors qu'ils se serraient les mains en amitié, ceux-là mêmes qui se réconciliaient ; devant le seul sens de l'ouïe le venin n'a pas trouvé porte ouverte ; des autres, il s'est désormais fait le maître.

C'était moi qui écoutais, mais avec une personnalité transfigurée. La petite merveille d'Alexander, prédessinant des programmes de vie, m'avait fait prendre jusqu'à la texture corporelle de don Salvador de Madariaga. Kennedy contemplait maintenant avec amertume le squelette d'un martin-pêcheur, directement importé des *Quatre quatuors* d'Eliot. Dans l'œil présidentiel passait un shakespearien cortège de mort, sur fond de dures batailles entre comparses de haut rang. Dans un coin de sa pupille, Jacqueline, affublée d'une fausse chevelure blonde d'Ophélie devenue folle, jetait des fleurs aux membres du Sénat. Une musique d'orchestre de danse commença à préluder pour que le président poursuivît sa réflexion à haute voix. Kennedy monta à la quinte, la voix placée juste dans le ton que lui indiqua l'orchestre :

– Les plus grandes misères de toutes sont celles que les hommes se causent à eux-mêmes avec leurs affections effrénées. Pour ceux-ci spécialement l'Ecclésiaste prononça cette notable sentence avec laquelle il a dépassé ce que les philosophes ont dit de la misère humaine : « Et j'ai préféré, dit-il, l'état des morts à celui des vivants ; et j'ai estimé plus heureux que les uns et les autres celui qui n'est pas né encore, et qui n'a point vu les maux qui se font sous le soleil » ; parce qu'il n'est rien qui offense davantage la vie humaine que les folies des hommes, haines, injustices, violences, inhumanités que causent les passions. C'est pourquoi il y eut des philosophes qui abhorraient grandement tout le genre humain, pour ce qu'ils le voyaient se guider sur la passion et non sur la raison, parmi lesquels Timon, philosophe athénien, fut l'inventeur et le prédicateur le plus passionné de cette secte, parce que non seulement il se nommait lui-même le plus grand ennemi des hommes, le leur disant à tous en face ; mais il faisait œuvres telles qui confirmaient ses paroles, comme n'entretenir quiconque en paroles, ni demeurer avec des gens, vivre toujours au désert avec les animaux et les bêtes féroces, à l'écart de tout voisinage ou lieu habité, afin que nul ne le vînt visiter, et vivant dans ce désert, jamais il ne voulait être vu, entretenu ni visité par les hommes, si ce n'est par un capitaine athénien, nommé Alcibiade ; mais avec celui-là il n'avait point commerce d'amour ou d'amitié, mais à cause qu'il comprenait qu'il serait fléau des hommes, né pour leur tourment, spécialement parce qu'il savait que ses concitoyens, les Athéniens, étaient destinés à souffrir par sa faute maints travaux et fatigues. Point ne se contentait de cette horreur dans laquelle il tenait les hommes, point de fuir leur compagnie, comme d'animaux furieux et cruels ; mais il s'efforçait de faire tout le mal qu'il pouvait pour détruire et ruiner le genre humain, inventant de nouvelles manières de meurtrir les hommes et d'en finir avec eux. Pour ce, il fit mettre sur les arbres de son verger force potences afin que tous les désespérés et las de vivre s'en fussent pendre là. Et comme quelques années après, pour agrandir sa maison, il fut obligé d'abattre ces potences, il alla à Athènes, où, sans aucune honte, il fit se rassembler le peuple, allant par les rues et poussant des cris comme font les crieurs publics qui annoncent quelque chose de nouveau. Le peuple, entendant la voix rauque et barbare de ce si horrible monstre, sachant (ce n'était pas d'hier) de quelle humeur il péchait, se rassembla autour de lui, attendant une nouveauté. Voyant le gros des citoyens principaux et de la plèbe rassemblé, il commença à grands cris : « Sachez, citoyens d'Athènes, que pour certaine nécessité qui m'est advenue je veux faire abattre les potences de mon verger, pour ce, quiconque a dessein de se pendre, qu'il le fasse tantôt. » Et sans autre harangue, après qu'il eut achevé une offre si aimable, il s'en retourna sur-le-champ dans sa maison, où il vécut le reste de son âge dans cette opinion, philosophant toujours sur la misère de l'homme. Quand le saisirent les angoisses de la mort, abhorrant encore les hommes jusqu'à son dernier soupir, il manda que son corps ne fût pas enterré dans la terre, étant l'élément dans lequel communément gisent et prennent leur repos les hommes, et dans lequel communément on ensevelit les corps humains, craignant que ses os ne fussent des hommes vus et sa poussière touchée par eux, mais qu'on l'enterrât sur le rivage de la mer, en lequel la fureur des ondes s'opposerait à toutes les créatures et défendrait d'aller jusqu'à sa sépulture, sur laquelle il manda qu'on écrivît cette épitaphe, que rapporte Plutarque : « Après ma vie misérable, je fus enterré sous cette eau profonde, ne te soucie pas de savoir mon nom, lecteur, ou Dieu te confondra. » En deux mots, Madariaga, je suis fatigué du pouvoir et j'ai l'intention d'abdiquer en faveur de mon frère Robert dès que j'aurai réussi à arracher du trône les usurpateurs de la dynastie d'Orange. Nous, les Stuarts, sommes invincibles.

Tenant l'épée haute, éclairée à l'aide d'un ressort qu'il pressait dans le pommeau, Kennedy semblait prêt à se jeter sur moi en un coup de taille fatal. Puis il se calma peu à peu et nous regardâmes tous deux par la fenêtre. Il tombait une pluie artificielle derrière les carreaux. Une pluie on ne peut plus parallèle, un peu lente, pas très serrée, mais faite de grosses larmes, présente, irréfutable. Kennedy épousseta les livres sur l'étagère avec un plumeau vieilli. Il promena devant les livres un doigt prêt à tomber en piqué sur les ouvrages choisis. Le laneret aperçut ses proies et sortit deux volumes que le président me tendit, un dans chaque main. La distance m'empêchait de les prendre et la voix de Kennedy me servit de liaison informative.

– Le passé de ma formation spirituelle et son avenir.

Le passé, c'était *The Temporary and the Eternity*, de Juan Eusebio Nieremberg, S. J., et l'avenir *The Way*, du père Escrivá de Balaguer.

– Je viens de recevoir ce livre. Je l'ai dévoré en une nuit, c'est saisissant. Je fais appel à vous, don Félix, parce que vous êtes du même pays que l'auteur. Vous êtes beaucoup plus proche de sa compréhension définitive. À la chaleur de l'influence de ce livre, je suis prêt à faire germer la semence des Nouveaux États-Unis d'Amérique. Je planterai cette semence et l'épi croîtra jusqu'au ciel. *L'american way of life* passera par le chemin vers la *New Frontier* qui doit nous conduire à la *Great Society*. Je veux que vous me conseilliez, Félix. Vous, justement.

Il me fit un clin d'œil, complice, mais grave.

– Je prépare en ce moment la reconquête spirituelle des États-Unis, car la dualité jésuitique entre le spirituel et le temporel a conditionné ma manière de voir les choses jusqu'à ce jour. La dualité entre le temporel et l'éternel est dépassée stratégiquement. Il faut spiritualiser le temporel en le chargeant du sens de la marche, du chemin, en un mot. Saint Antonio Machado l'a bien dit : « Passant, il n'y a pas de chemin, on fait le chemin en marchant. »

– Aide-toi, le ciel t'aidera.

J'étais intervenu si heureusement que le président me répondit :

– La paix soit avec toi.

Kennedy avait retrouvé la pleine verticalité, il avait une jambe de bois et il clopina jusqu'à la fenêtre. Il se crispa sur la longue-vue. Il tourna son visage, qui maintenant n'était plus borgne, vers moi et cria, congestionné :

– Enfin, Lequerica, enfin !

Lady Bird met des chats crevés dans la chasse d'eau de mes cabinets. Je sais qu'elle dit des choses désagréables sur mes relations avec Jacqueline. Aujourd'hui, j'ai essayé de clarifier ses ragots auprès du président, et il ne m'a pas laissé terminer. Il a convoqué toute la cour, Jacqueline, Lady Bird, ma modeste personne. Sans nous fournir une seule explication, il nous a pris la tête, à Jacqueline et à moi, entre ses mains et il nous a embrassés sur le front avec la pureté d'un évêque aveugle, boiteux et manchot.

Nancy Flower a une peau d'Irlandaise, des cheveux brun-roux d'Irlandaise, une tiédeur de jeune fille celte portée aux débordements, des mains fines et froides, des chevilles un peu épaisses et un petit cul gloutonnement rond. Elle avait voulu être actrice de théâtre, mais perdait les pédales dès qu'elle entrait en scène. Pendant une représentation de *la Ménagerie de verre*, la pièce de Tennessee Williams, avec une troupe d'amateurs, elle commit une faute si lamentable qu'elle ne remonta plus jamais sur les planches. Elle jouait le rôle de Laura, la sœur-fille si émouvante et fragile. Pendant la scène deux du deuxième acte, quand elle entre côté jardin, évidemment au bout du rouleau, les lèvres tremblantes, les yeux démesurés et fixes, elle fait quelques pas mal assurés vers la table :

– Oh, maman.., je regrette beaucoup.

(Elle vacille. Tom la rattrape et la porte sur le canapé-lit du salon.)

Nancy avait conscience d'avoir très mal joué et elle ne trouva rien de mieux que de balbutier une excuse à l'adresse du public : je suis encore si jeune.

Depuis, je ne sais pas vraiment ce qu'elle a fait comme métier. Mais elle doit avoir beaucoup voyagé parce qu'elle connaît des géographies insoupçonnées : par exemple, elle a visité plusieurs fois les pays du camp socialiste et elle a eu un fiancé turc avec lequel elle n'a jamais réussi à coucher.

Il est arrivé un fait insolite dans les annales de l'histoire de la troisième génération des calculateurs analogiques. Pendant une nuit entière, les ordinateurs ont fonctionné sans contrôle à partir d'un mot clé : généalogie des Kennedy. Les conclusions de ces jeunes calculateurs sont très intéressantes. Selon toute apparence, antérieur au tronc commun de l'i-e (indo-européen), existe un embryon linguistique original : le kenedeset, langue d'un recoin de la Prusse, d'où sont originaires les races nobles. Le mot kenedet a justement ce sens-là : mot, et c'est de lui que vient le nom de Kennedy. Les kenedets étaient la caste dirigeante du peuple Kenedem : prêtres, chefs, acrobates et misses Univers. Une branche des kenedets participa à la défense de Troie et l'on connaît l'infidélité historique commise par Virgile, qui fit obstacle pendant des siècles au rétablissement de la vérité. Le chef troyen qui aima Didon, reine de Carthage, n'était pas Énée, en grec Æneas, mais Kénée, en grec Keneas, et c'était un kenedet de pure souche. Les dieux confièrent à Énée la mission de fonder Rome ; c'est ce que dit Virgile, mais il ne faut pas oublier que Virgile n'était, en fait, qu'un écrivain à la solde d'Auguste. Selon toute probabilité, à en croire les calculateurs de la troisième génération, la mission confiée par les dieux était beaucoup plus ambiguë et Virgile en a profité pour apporter de l'eau à son moulin.

En revanche, chaque jour prospère davantage la thèse, soutenue par quelques historiens irlandais, qui veut que Kénée, en grec Keneas, ne s'est pas arrêté à Rome, mais qu'il a suivi la route de la Méditerranée en quête des terres de l'ambre qu'avaient touchées les Phéniciens, terres dont la route secrète était connue de Didon. Énée ou Kénée, en grec Keneas, s'avitailla en eau et combustible dans l'Atlantide et mit cap au nord. Il finit, à bout de forces, par toucher aux côtes d'Irlande. C'est là que se perpétue la lignée kénéenne au travers de ses descendants. La paresse palatale des Irlandais (bien connue de nos lecteurs) conduisit ceux-ci à chercher un repos pour la langue après qu'ils l'avaient soulevée pour prononcer le *n* de Keneas. La langue des Irlandais se trouvant déjà en haut, au lieu qu'ils la missent en position neutre pour que l'*a* sortît sans obstacle, leur langue, donc, profita du voyage pour aller s'appuyer sur les dents du haut : *d*. Dans un premier temps, la phonétique resta liée plus ou moins à la sonorisation historique. Ainsi, Keneas se transforma en Kenedas. Mais ensuite la terminaison en *y* s'imposa et nous arrivons au nom historique moderne : Kennedy. Il en résulte que la mission confiée par les dieux à Keneas, ou Kénée, ne devait pas être interprétée comme une mission adressée à lui personnellement, mais à sa descendance. Et la chose apparaît dans toute sa clarté lorsque nous découvrons comment, au VIe siècle de l'ère chrétienne, quelques Kenedas s'engagèrent dans les expéditions vikings en

Méditerranée. Un Keneda s'établit à Gênes et ses descendants ouvrirent une boutique de pigeons voyageurs. Les gens se mirent à les appeler « Colombos » (colombes) et avec le temps le surnom fut adopté comme nom de famille. De là vient qu'on n'a jamais su jusqu'à aujourd'hui qu'un Keneda avait été appelé de manière impropre Christophe Colomb et qu'un autre Keneda a instauré aux États-Unis la monarchie catholique, sociale et représentative.

La dernière fois que j'ai rencontré Wonderful, c'était à Madrid.

Je faisais partie de la suite de Leonardi, et Wonderful était en poste dans cette ville où il tuait placidement les jours qui le séparaient de la retraite. Une secrétaire d'ambassade, amie commune, voulut nous présenter l'un à l'autre et elle fut à peine surprise de voir que nous nous connaissions déjà. Wonderful occupait ses journées à une fonction bureaucratique, il écrivait ses Mémoires et des poèmes rimés où il exaltait les événements de l'histoire d'Espagne et des États-Unis (les *comuneros* de Castille, l'attentat contre Lincoln, Pearl Harbor, les luttes entre le P.S.U.C. et la C.N.T. et le P.O.U.M. au cours du Mai barcelonais de 1937). Il avait un poème bien rimé dédié au bandit catalan Serrallonga qu'il appelait le Fidel Castro de la Catalogne.

Je lui demandai s'il avait changé d'opinion sur Fidel Castro un danger mondial, me répondit-il.

Alors ?

– Tu vois, la littérature est une chose, la réalité en est une autre, et le métier encore une autre. Je suis incapable d'écrire un sonnet sur Foster Dulles mais j'aurais pu décharger un pistolet entier dans la tête de celui qui aurait touché à un seul de ses cheveux.

Maintenant, Wonderful se teignait ouvertement, il lui arrivait même souvent de perdre la retenue qui l'avait rendu célèbre et fort. Il me prenait par le coude avec une lamentable affection de vieux gâteux guidant les pas inexperts de son jeune fils adoptif. C'était un geste sentimental d'avant-guerre. Wonderful, en beaucoup de choses, avait fait un retour à sa jeunesse.

– Une fois, je suis venu à Madrid avec Companys, quand il était déjà ministre de la Marine. Lluís était un joyeux luron, bon compagnon, on s'amusait bien avec lui.

– Politiquement ?

– Un Kerenski, un Kerenski gros comme une maison.

Il riait, les mains posées, comme il se doit, sur sa petite bedaine toute neuve.

– Un Kerenski tout ce qu'il y a de dangereux.

Et il continuait à rire. Je profitai de sa mise au placard pour draguer la secrétaire d'ambassade qui m'en raconta de belles sur lui. Par exemple : il avait ouvert des carnets de caisse d'épargne à ses cinq petits-enfants, progéniture de sa progéniture qu'il n'avait pas revue depuis 1939.

Kennedy n'a eu qu'à pencher son corps pour que la pierre ne l'effleure même pas. Un instant plus tard, je remarquais entre mes mains un confus mélange de cheveux et de pomme d'Adam pointue, désagréable comme la peau du cou des poules. En quelques millièmes de seconde, j'avais fait une prise de judo et l'homme était passé par-dessus ma tête. Ses reins avaient éclaté contre le rebord du trottoir et sa tête avait rebondi ensuite contre le genou d'un policier. Mes mains s'étaient enfoncées dans sa poitrine, comme les mains des augures dans la tripaille du bouc émissaire. J'ai approché de la mienne sa figure négroïde, la profondeur de la peur de ses yeux, la coulée de sueur qui descendait jusqu'à ses sourcils épais. Mes jointures ont raté sa joue et sont allées le frapper à la tempe. Après, mon poing s'est enfoncé à la jonction du haut du corps avec le bas-ventre et sur mon genou s'est brisé son cri, dans un fracas de dents et de menton.

Je l'ai relevé comme un clown mort et ma poussée l'a précipité dans la noirceur d'une fourgonnette. Le contraste du soleil avec la fraîche obscurité était agréable et je me suis assis sur l'un des bancs latéraux avec une intense sensation de bien-être. L'homme était accroupi dans un coin et nous regardait à la fois avec et sans peur, comme s'il hésitait à adopter une attitude plutôt qu'une autre. Un jeune agent lui a envoyé un coup de pied dans les côtes, mais le capitaine Morrison s'est interposé.

En arrivant au palais des Sept Galaxies, nous l'avons poussé jusqu'à l'entrée de la rampe qui conduit à la cave. Ses jambes ont résisté sur la première moitié de la pente, mais une nouvelle bourrade l'a fait tomber et rouler jusqu'au bas de la rampe en béton. Après, il est resté couché sur le sol, sous le jet lumineux d'une lampe verte qui pendait du plafond. Morrison lui a doucement mis le pied sur les parties. Morrison ne souriait pas avec sadisme. Le sadisme, il l'avait dans son dessous de pied qui s'enfonçait et remontait alternativement sur les couilles hurlantes de l'homme à terre.

Dix minutes plus tard, nous savions que nous avions affaire à un isolé, un licencié en biochimie de l'université de Denver, membre d'une association opposée à tous les droits civiques quels qu'ils soient parce que lui-même ne croyait pas aux pièges du capitalisme... Il était peut-être homosexuel parce que, quand un autre agent l'a déculotté pour lui défoncer les fesses avec un nerf de bœuf à squelette de métal, il s'est retourné vers nous en riant et nous a dit que ce truc puait la vaseline.

Lady Bird met ses habits de marâtre,
Elle soulève la poussière des couloirs,
Elle traverse les toiles d'araignée d'un coup
[d'épée,
Elle peint ses ongles-crocs en lilas,
Elle porte des canines jaunes,
Arrose les pétunias avec de l'urine de chat
[aveugle,
Aspire la poussière mauve des étoiles perverses,
Se dégotte des cadavres d'enfants,
Fourre son vilain nez dans les serrures
Et dans mes chemises
Quand elle rit, ses pommettes se brisent comme
[du verre
Et le sang baigne ses joues,
il dégoutte jusqu'au sol
pour disparaître alors
Comme un pressentiment.

Quand les Kennedy sont assis à table se révèle l'existence d'une galaxie familiale, avec ses soleils et ses règles de translation. Le modérateur est le vieux Joe, mais il cède souvent son rôle à la mère, Rose, avec une divertissante condescendance d'Irlandais-Américain émancipé. John a la priorité dans la prise de parole, puis viennent Robert et Edward ; les femmes peuvent demander leur tour une fois qu'est épuisé le temps de parole réservé aux hommes. En l'honneur de la fête du président, nous avons été autorisés à assister au repas familial. John a mangé avec un enfant sur chaque genou, pourtant, il n'a jamais écarté les coudes et ne les a pas mis sur la table. Rose, sa mère, le regardait avec fierté. En revanche, peut-être me trompé-je, mais j'ai cru voir à un moment donné une nuance de reproche dans le regard qu'elle adressait à Ethel, qui s'est permis de torcher son assiette avec du pain sans utiliser sa fourchette.

Les photographes de *Life* ont pris presque exclusivement la triade formée par le président et les deux enfants. Quand leur pellicule a été finie, les enfants ont été renvoyés auprès de leur nurse et le hiératique visage du président attablé s'est détendu, comme libéré d'un intense souci. La loquacité de Kennedy a augmenté à partir de ce moment-là et il a raconté une demi-douzaine de blagues historiques assez bien trouvées. Robert ne riait pas, il souriait en les écoutant. Au contraire, Edward n'avait pas assez de mâchoires pour mordre les éclats de rire qui lui échappaient. Rose distribuait deux regards, l'un, admiratif, qu'elle posait sur son fils à la fin de chaque blague ; l'autre, appréciateur, qu'elle éparpillait parmi le groupe de badauds dont j'étais et qui faisait se succéder les bouchées de gâteau glacé avec l'hilarité philo-présidentielle.

Enfin, avec les premières fraîcheurs de la fin d'après-midi, John s'est mis à l'aise, il a abandonné son épine dorsale au caprice de la loi de la gravité et de son siège puis s'est adressé à Robert.

– Voyons, Robert, si tu étais président et que tu rencontrais Khrouchtchev, voyons voir, à Copenhague, par exemple... disons... dans une conférence au sommet... Qu'est-ce que tu lui dirais ?

John regardait à la dérobée du côté des badauds qui attendaient ses commentaires faciaux à la réponse de Robert.

– Je vous salue au nom du peuple américain.

Une salve d'applaudissements et une monotone psalmodie chez Edward : très bien, très bien, très bien... Steinbeck a dit quelque chose à l'oreille d'Edward et celui-ci s'est repris immédiatement : Okay Okay Okay (quelques heures plus tard, quand Truman Capote l'a interrogé à voix basse sur le pourquoi de cette correction, Steinbeck a répondu que l'expression Très bien.., très bien... était peu populaire et qu'un Kennedy III doit commencer à cultiver son personnage public).

La fête s'est terminée avec une partie de basket-ball entre les frères et sœurs Kennedy contre les beaux-frères et les belles-sœurs. Peter Lawford est arrivé juste au moment où le match commençait. Un hélicoptère spécial l'a déposé et il était déjà en tenue de basket. Après, il n'a presque pas joué. En revanche, Sargent Shriver, en dépit de quelques kilos de trop, s'est révélé un excellent pivot.

Les véritables Kennedy ont gagné par 173 à 19,

mais tous ont reconnu que ni Jacqueline ni Lawford n'étaient dans un bon jour.

Toutes les femmes de chambre du palais sont diplômées de Converty College, le meilleur centre de femmes de chambre de l'hémisphère occidental. C'est pourquoi, quand j'ai vu l'état de désolation dans lequel se trouvait l'une d'entre elles et entendu les sanglots hoquetants dont elle jalonnait son uniforme psalmodie : « Ce n'est pas juste... ce n'est pas une chose à faire au président... », j'ai craint le pire. L'émotivité d'une femme de chambre du palais des Sept Galaxies est une des émotivités les mieux contrôlées au monde. Surtout depuis qu'une serveuse philippine a renversé une cafetière bouillante sur la braguette du chef d'état-major. C'était quelques jours après que Kennedy eut prêté le serment présidentiel et que seule l'invasion de la baie des Cochons eut empêché qu'un coup d'État militaire ne mît à mal la démocratie américaine.

Je pressai le pas dans le tunnel secret et, en arrivant dans l'antichambre présidentielle, je vis Hoover et Allan Dulles chuchoter dans un coin. Morrison, le chef des agents spéciaux, s'était abandonné à la volonté d'un énorme canapé qui l'avait presque avalé. Ses yeux étaient rouges et il se frottait les mains une fois par minute. Il y avait des fuites dans le plan Bowles. L'ambassadeur soviétique à Vienne avait fait comprendre à notre ambassadeur dans cette capitale qu'il était fort possible que l'Union soviétique eût connaissance du plan Bowles. L'ambassadeur nord-américain avait courbé la tête sous le poids de son sourire et l'avait félicité chaudement.

Kennedy est furieux. Il a donné l'ordre de faire fouetter Salinger pour apaiser un peu sa fureur. Non que Salinger ait quelque chose à voir avec les fuites du plan Bowles, mais il est le seul masochiste de tout le *trust*. Le pire a été le nouvel échantillon de mesquinerie soviétique qu'a donné l'agence Tass en diffusant un résumé du plan. De bon matin. Kennedy a appelé l'ambassadeur soviétique et lui a vociféré dans l'oreille une protestation plus qu'énergique. L'ambassadeur a dit que son pays avait seulement voulu agir conformément à l'esprit de la détente et que, comprenant les difficultés que poserait la publication du plan par les États-Unis eux-mêmes, il avait préféré prendre les devants. Kennedy l'a traité de cynique et l'ambassadeur a répondu que le président confondait le cynisme avec la dialectique.

Le fait est que le résumé du plan a paru dans le *New York Times* de ce matin et qu'avant onze heures les ambassadeurs faisaient déjà la queue devant le palais, pour obtenir des explications sur les répercussions qu'aurait ledit plan dans leurs pays respectifs. Le plan Bowles est une traduction stratégico-politique de la philosophie de Sylvester. Il s'agit d'un essai de rationalisation politico-économique à échelle universelle, avec une puissance d'effet possible de cent ans, s'appuyant sur des calculs proches de la perfection de tous les changements politico-économiques possibles sur la planète. Avant toute chose, le plan prévoit un partage de la galaxie dans les proportions suivantes : 55 pour 100 aux États-Unis ; 40 pour 100 à l'U.R.S.S. ; 5 pour 100 à répartir entre l'Allemagne, l'Angleterre, la France, le Japon, la Chine communiste, le Canada et l'Australie. Quant à la Terre, la restructuration des zones d'influence ne s'arrête pas cette fois à un simple partage politique. Les ÉtatsUnis vont plus loin et proposent que les fonctions soient distribuées selon une bipolarité économique qui s'impose : le camp socialiste et le camp capitaliste. À l'intérieur de chacun de ces deux camps, mais surtout à l'intérieur du camp capitaliste, le plan Bowles préfigure déjà une remise en ordre rationnelle de chaque économie nationale par rapport à un marché unitaire international s'étendant jusqu'aux limites de la zone d'influence. Prenons l'Espagne, par exemple. Selon le plan Bowles, l'Espagne devrait être divisée en deux zones fondamentales :

1° L'Espagne sans la périphérie. Une espèce de rond central voué à une production agricole déterminée, à savoir : choux, choux-raves, patates douces, haricots, pois chiches, avoine, radis, laitues, choux-fleurs et tomates (rigoureusement interdite, par exemple, la production de laurier, la Grèce ayant la concession du laurier en régime de monoculture).

2° La périphérie de l'Espagne. Vouée au tourisme, aux Arts et aux Lettres. La quasi-totalité de la population espagnole qui n'aura pas été envoyée repeupler la Lune devra se soumettre à des programmes d'études très sévères en vue d'occuper les postes de travail correspondant à cette division. Un minimum destiné à l'agriculture, puisque est prévue la mécanisation totale de la campagne. Un secteur important de la population se consacrera aux arts et aux lettres, à la condition expresse qu'il s'agisse d'arts et de lettres appliqués. Les auteurs pourront écrire en castillan dès lors qu'il s'agira de littérature à usage interne, mais l'anglais sera obligatoire dans le cas où il s'agira de littérature de consommation extra-régionale. Enfin, un troisième secteur de la population se consacrera aux professions touchant à l'hôtellerie : depuis les garçons de café jusqu'aux cireurs de chaussures, sans oublier un corps spécial féminin affecté au Patrouillage Sexuel des Côtes, à l'usage exclusif de la demande touristique.

Des plans similaires concernent toutes les nations du monde et les ambassadeurs sont accourus au palais pour discuter point par point tout ce qui touche à leur pays. Certains diplomates ont été particulièrement gâtés. L'ambassadeur suédois a obtenu que ses quotas de production de fourchettes en acier inoxydable fussent augmentés et, par-dessus le marché, Kennedy lui a promis d'étudier avec amour sa proposition que fût réservée à la Suède la production totale de salières de table de la zone capitaliste. D'autres ont été plus malheureux dans leurs démarches. L'ambassadeur irlandais, qui est entré très souriant et a tapé dans le dos de Kennedy en disant :

– ... John, c'est vrai que tu veux faire de nous un pays de catholiques et de bergers ?

... est ressorti de l'audience avec la pointe des épaules plus haute que le dessus du crâne. Kennedy non seulement n'a rien changé à l'option irlandaise du plan Bowles, mais il veut aussi, en punition de la désinvolture de l'ambassadeur, faire assécher le lac Shannon. Plus d'un observateur a pronostiqué un conflit armé entre les États-Unis et l'Irlande. Des sources généralement bien informées annoncent que le président De Valera a passé commande de dix phrases historiques à un spécialiste espagnol. Celui-ci lui en a fourni une liste de trois cent dix-huit et De Valera a sélectionné les suivantes :

1° Dieu a mieux aimé faire le dernier des Irlandais que le premier des Américains.

2° Nous lutterons pour une Irlande exacte, verte et libre.

3° L'Amérique aux États-Unis mais l'Irlande aux Irlandais.

4° La dignité d'un peuple ne se mesure pas à sa force d'agression, mais à sa capacité de résistance morale.

5° (Variante) La dignité d'un peuple ne se mesure pas à son revenu national *per capita*, mais à la quantité de valeurs éternelles *per capita*.

6° Il existe une sauvagerie pire que la sauvagerie préhistorique. C'est la sauvagerie des peuples qui n'ont pas su assumer leur Histoire.

7° L'Irlande sera lacustre ou ne sera pas.

8° Que chaque enfant irlandais se transforme en un témoin de l'agression. Et qu'il ne l'oublie jamais (cette phrase a été très élogieusement commentée par le poète chinois Has-Hua-Pyu, de la dynastie Ming).

9° Les Américains peuvent venir. Nous ne partirons pas.

10° Que Dieu me protège de mes amis, mes ennemis, je m'en charge (évident plagiat de la phrase prononcée par Che Guevara en vue de liquider sa polémique avec Bettelheim).

Devant l'ampleur du défi irlandais, le président Kennedy s'est empressé d'envoyer un cadeau à De Valera, avec la promesse formelle que le Shannon ne serait pas asséché. De Valera a aussitôt passé commande à François Mauriac d'une phrase de reconnaissance, et par retour du courrier il a reçu celle qu'à son tour lui a adressée Kennedy :

Tu ne veux pas le croire, et pourtant les fleurs [sont,
Modeste, à ta beauté, sur ta tempe un affront.

Morrison m'a emmené à une réunion de la John Birch Society. Ce serait une réunion fascinante, m'avait-il annoncé, on y avait prévu un débat qui devait porter sur les chances plus ou moins grandes de Goldwater s'il se présentait contre Kennedy aux élections de 1964. Dans une petite salle marron, remplie de chaises pliantes sales tournées vers une estrade au-dessus de laquelle pendait une lampe verte, les gens les plus conscients de Washington échangeaient les derniers mots et les derniers chuchotements avant que les conférenciers ouvrent le débat. J'avais les poches et les mains pleines de brochures : *The Blue Book*, *The Life of John Birch*, *Color, Communism and Common Sense*, *American Opinion*, *None are Call it Treason*, *Towards a Socialist America*. Trois orateurs moralisants se sont déclarés antipacifistes et ont cité Lénine pour démontrer que le pacifisme allié avec la subversion sont les termites de l'Occident. Sur ce, la porte s'est ouverte et est entré, pleinement conscient qu'il faisait son entrée, un énorme Superman avec chapeau texan et havane de rigueur. C'est Mr H, m'a murmuré Morrison, plein d'excitation et de respect à la fois. Mr H s'est assis à côté de nous et d'un geste a invité les orateurs qui s'étaient tus à reprendre leur exposé. J'ai aspiré profondément pour voir si je percevais les effluves de pétrole dispersés dans tous les coins du corps de Mr H. Mais il ne sentait que la lavande la plus coûteuse qui puisse se trouver sur le marché. Il se mettait du déodorant jusque sous les ongles.

– Dans les soirées, disait l'orateur, les libéraux, mâles ou femelles, sont lamentables. Ils sont ennuyeux, doctrinaires et stupides. Ils sont incapables d'être à l'aise et de faire preuve d'intérêt dans une conversation animée. Si la conversation porte sur la littérature ou toute autre forme d'art, les libéraux essayent désespérément de prendre la parole et en général ils y réussissent. Ils se révèlent alors plus bruyants et insistants que les gens normaux. L'auteur d'un livre anticommuniste ne doit même pas être cité : ce n'est pas une personne sérieuse, c'est une « brute fasciste » (rires et sifflets). Si l'auteur est un libéral, peu importe que le livre soit un ramassis infect de banalités. Il est *importaaaant* et le livre est encore meilleur s'il a été écrit par un nèèèègre. Mais par-dessus tout, les libéraux aiment le roman pornographique. Plus les détails sont ignobles, mieux c'est. C'est de la littérature honnêêêête...

Les rires faisaient chorus à la prononciation disloquée de l'orateur, curé de je ne sais quelle patrouille religieuse de l'Oklahoma. Moi-même, j'ai ri plusieurs fois parce que les libéraux m'ont toujours paru un peu efféminés, plus femelles que mâles. Mr H se régalait comme seul peut se régaler un Texan millionnaire et parfait abruti dans un film mis en scène par un libéral de Hollywood. Les rires de Mr H flattaient énormément l'orateur qui, perdant la tête, mit la barre de son inspiration encore plus haut. Il ornait sa condamnation du libéral comme homme social de tous les gestes du répertoire théâtral préstanislavskien, je dirais que c'était un style dérivé de celui du grand Talma, en quelque sorte repris par l'immense Enrique Borrás. Parvenu au moment où il soutenait que tous les libéraux sont des ronfleurs, l'orateur se mit à ronfler et le bruit qu'il produisit agit comme un frein qui lâche sur son imagination réprimée de Lewis Carroll pourri. Du ronflement, il passa à l'imitation du porc, du coucou, il fit semblant de voler dans la salle en faisant planer sur nous un sentiment de menace, il nous montra ses fesses et lâcha l'incivile ventosité que ses lèvres attribuaient aux us et coutumes des libéraux, il gifla ses voisins de tribune et essaya de baisser la culotte d'une poupée scolaire décolorée qui l'écoutait jusqu'alors avec ravissement. Habité par le mal, hors de lui, il se traînait sur l'estrade comme un possédé de la luxure et du crime, incarnation vivante de l'esprit malin de Jefferson. Il s'efforça si bien de nous montrer dans toute son ampleur le péril libéral qu'au prix d'une concentration surhumaine il parvint à se transformer en scorpion bourdonnant et agressif que Mr H dut écraser sous sa botte de millionnaire texan.

Nous nous étions tous réfugiés au fond de la salle. Sur l'estrade, Mr H n'en finissait plus d'écraser le scorpion. Morrison avait son pistolet à la main. Pour ma part, je réchauffais ma main sous mon aisselle, par précaution. Mr H nous a assurés que cela ne se renouvellerait pas.

Le président Kennedy a visité aujourd'hui l'Académie nationale des Astronautes. Il s'est intéressé surtout au processus de sélection et à l'entraînement complet qui fait d'un homme normal un surhomme. D'abord, lui a-t-on dit, il est préférable qu'un astronaute soit marié, qu'il ait une constitution forte mais normale, tirant sur le vulgaire pour l'aspect, et qu'il ait deux enfants minimum. Ces caractéristiques sont fondamentales pour que l'Américain moyen se sente solidaire de ses représentants dans l'espace. Aussitôt que le président est entré dans le navire où déjeunaient les astronautes, le doyen lui a dit : « Hello, président, vous avez meilleure mine que la dernière fois que je vous ai vu sur l'écran. » Kennedy a pâli et Wernher von Braun a toussé, au bord de la congestion. En fait, l'astronaute s'est trompé et a sorti la phrase qu'il devait dire à Kennedy au moment de l'amerrissage, après l'exploit, non au moment de la visite présidentielle. Un autre astronaute a donné un coup de coude au fantaisiste et celui-ci a corrigé le tir : « Président, bienvenue dans cette antichambre de l'espace. On vous emmène ? » Un soupir de soulagement collectif a précédé l'éclat de rire de Kennedy, parfaitement mis au point pendant trois jours en présence de Lee Strasberg. Les applaudissements ont été assez nourris et un astronaute a donné à Jacqueline un bouquet de glaïeuls.

J'ai cru observer que les astronautes, déboussolés par leurs entraînements antigravitationnels, ne marchent plus que par petits bonds. En général, ils sont regroupés en équipes de trois et l'un des trois est sélectionné pour sa *vis comica*. Parmi les autres critères de sélection, il y a la pureté ethnique et la variété des nationalités d'origine. Il n'est pas exigé de certificat d'Aryen pur, mais il existe bel et bien une discrimination fondée sur l'angle formé par la mâchoire et le tracé du nez. L'adoration qu'éprouvent les Américains pour les origines germaniques, scandinaves et anglo-saxonnes est partagée par les techniciens de la N.A.S.A. et, spécialement, par von Braun. De mauvaises langues assurent que le savant, naguère allemand, héberge chez lui Martin Bormann et Hitler, déguisés en chauffeur et en jardinier, respectivement. Cependant, insiste-t-on, il ne le fait que pour des raisons sentimentales, les chances de Bormann et de Hitler de faire une seconde carrière politique étant pratiquement nulles.

L'une des expériences les plus intéressantes de la visite a été le cours d'éloquence spatiale auquel nous avons pu assister. Mr Ronald Samuelsson (un protégé d'Adlai Stevenson) faisait réciter à tous les astronautes une série de phrases qu'ils auraient à prononcer là où ils seraient envoyés. S'ils étaient mis en orbite, la phrase qu'ils répétaient était :

Salut, les gars, à l'heure qu'il est je mets la Terre dans ma poche.

Et, après un silence un peu grave :

En vérité, je vous le dis, Dieu est présent au sommet de l'Everest et dans la fosse de Tonga.

Pour les expériences autour de la Lune, un langage plus emphatique est admis.

La merveille que je contemple est semblable aux sensations que peut ressentir un aveugle qui retrouve la vue. Merci, mon Dieu.

Une polémique a surgi sur l'emploi du mot Dieu dans ce type de phrases. Kennedy n'était pas partisan d'en abuser ; en revanche, Robert insistait : « Ce que va dire un astronaute tout là-haut est comme une sublimation de la philosophie américaine de la vie. »

Kennedy n'était pas trop content de cette déviation intellectualiste de son frère, et il lui a répondu aigrement qu'en ce cas il valait mieux citer une phrase de Pearson ou de Dewey. Comme Robert ne savait pas de qui il s'agissait, il s'est caché sous le feuillage de sa petite frange et n'a plus ouvert la bouche pendant tout le reste de la visite. Kennedy a pontifié ensuite sur l'emploi du mot Dieu, qui ne doit pas être vain. Le président de la N.A.S.A. a déclaré avoir été l'objet de pressions de la part de la Conférence mondiale des Églises qui voulait que le mot Dieu fût présent dans 65 pour 100 des premières phrases prononcées par l'astronaute de service. La N.A.S.A. avait présenté une contre-proposition et l'on était proche de parvenir à un accord sur les bases suivantes : le mot Dieu apparaîtrait dans 45 pour 100 des premières phrases de l'astronaute, dans tous les voyages spatiaux prévus jusqu'en l'an 2000, et dans 32 pour 100 de tout le dialogue restant avec le centre de Houston. Kennedy a dit qu'il trouvait ce pourcentage excessif, mais qu'il voulait bien admettre son utilité. Dean Rusk, qui ne suivait pas la conversation de près, en a surpris beaucoup en demandant ce que donnait la Conférence mondiale en échange. Il en a surpris beaucoup, mais pas le directeur de la N.A.S.A. qui a répondu avec le sourire :

– Elle nous garantit l'appui propagandistique du clergé, sous son contrôle et pour tout notre programme spatial. Elle se réserve seulement un dixième du clergé pour les diatribes rétrogrades ; du type « ils usurpent l'esprit de la création », etc. Et un autre dixième qui sera autorisé à rappeler les offensives de l'impérialisme nord-américain sur la Terre chaque fois que nous aurons atteint un objectif important.

Nous avons assisté ensuite à une phase de l'entraînement. Presque tous les astronautes étaient aviateurs et certains ont reçu une formation préalable, scientifique ou technique, sur ces questions. Ils sont tous de droite, sans être extrémistes, et ils ont une culture générale qui leur permet de faire une remarque intéressante pendant la tournée qui suit leur exploit. Par exemple, ils savent que s'ils arrivent à Paris ils doivent dire au cicérone officiel : « J'aimerais avoir une demi-heure de libre pour faire un tour au Louvre. » S'ils arrivent à Stockholm, ils doivent demander à voir la maison natale de Greta Garbo et de John Gilbert ; s'ils sont à Madrid, ils doivent s'intéresser immédiatement à la chute du *d* en position intervocalique ; s'ils arrivent à Rome, ils doivent dire, *grosso modo :* « La Rome de César sera toujours la Rome de César. »

Le choix des épouses est un chapitre à part, qui a causé plus d'un drame familial. Il arriva même une fois, chuchote-t-on dans les salons, qu'un astronaute fût obligé de changer d'épouse dans les vingt jours suivant son exploit parce que sa femme légitime avait les dents du dessus qui passaient sur la lèvre du dessous, et les photos de famille semblaient incomplètes sans Jerry Lewis. Une autre fois, on fit subir une opération de chirurgie esthétique à l'épouse et à la belle-mère de l'astronaute, vu qu'ils habitaient tous ensemble dans la même maison et qu'on n'avait pas osé demander à la belle-mère de ne pas se mettre sur les photographies. Dans les premiers temps, il en allait tout autrement et l'on n'empêcha jamais l'épouse de Glenn de se montrer avec les bras non épilés. Mais depuis que Jacqueline est arrivée au pouvoir, la photogénie et la grâce moyenne de l'épouse d'astronaute sont des qualités *sine qua non* pour la conquête de l'espace.

Au moment où nous partions, Kennedy a pris un singe expérimental dans ses bras et a posé avec lui. Le singe a embrassé le président sur la bouche et tout le monde a tourné un regard inconscient, fugace, vers Jacqueline.

L'ambassade d'Espagne a pris contact avec moi. Une invitation à déjeuner avec l'attaché culturel. Des haricots navarrais au chorizo et des piments farcis basquaise. L'attaché culturel est de Balmaseda. Il voulait que je lui rende un service personnel, que je lui dise de quoi ont parlé l'autre jour Kennedy et l'opposition espagnole. Je lui ai tout raconté de *a* à *z*. Il m'a demandé plusieurs fois s'il y avait des communistes parmi les assistants. Ni leur couleur, ni leur accent, ni leur haleine, ni leur démarche ne m'ont permis de reconnaître les communistes. Un des assistants était plus sérieux que les autres, et à chacune des interventions il portait la main à son oreille et l'obligeait à se diriger vers celui qui parlait. Il prenait aussi quelques notes. C'est lui le communiste, me dit l'attaché. Je ne le crois pas, à aucun moment il n'a essayé de mettre de l'ordre, alors qu'ils n'arrêtaient pas de se couper la parole et de s'empêcher de parler.

Curieusement, il manquait à Morrison la touche finale. C'était cette casquette que la culture des *mass media* met, tournante, entre les mains des domestiques embarrassés. Sa personne entière était une casquette, fébrile, tripotée. Mr H, conscient de la fascination qu'il exerçait sur lui, lui jetait de temps à autre des regards de gros serpent. Malin, le Texan. Il m'a traité en Européen. Il basait notre rencontre sur une complicité mutuelle supposée, face à la perplexité et à l'embarras de Morrison.

Le triste intermédiaire assistait, plus effaré que surpris, au vol des subtilités texanes et européennes.

Mr H m'a remercié de ma visite puis il a justifié son envie manifeste de faire ma connaissance.

– Je veux m'assurer que notre président est bien gardé.

Avez-vous vu les films de Hollywood plus ou moins bien ficelés par de sinistres producteurs libéraux et dirigés par de non moins sinistres metteurs en scène rescapés de la Grande Purge, où l'on voit d'ignobles millionnaires texans, parafascistes, sanguinaires, gloutons, baiseurs et sans scrupules ? Très bien, vous m'économisez la peine de décrire Mr H et vous me donnez l'occasion de placer deux mots de théorie littéraire. On peut sans doute voir là une digression mais c'est le moment d'évaluer à son juste prix l'action de la culture de masse sur les règles de la communication. Si je vous dis que Mr H est un mélange de Rod Steiger et de King Kong, j'économise trois chapitres de n'importe quel roman de l'écrivain madrilène encore inédit à ce jour, Juan Benet[1], et presque un roman entier de Robbe-Grillet.

Revenons à nos moutons. Mr H avait le visage mauvais de Rod Steiger au moment où il va fouetter l'orpheline qui vient de perdre son père dans un naufrage et dont la mère est paralytique. Sa présence physique, par ailleurs, est celle de King Kong qui aurait mis un chapeau texan pour touristes. Nous parlions d'homme à homme et de cigare à cigare, avec des lèvres hésitant entre le langage et la succion et les yeux alourdis par la fumée.

Quand il m'a dit :

– La vie d'un président a un prix, et il est très élevé.

1. Les Mémoires que nous reproduisons ici ont été écrits en 1963.

Je me suis contenté de lui répondre :

– Combien ?

– Un million de dollars.

À l'énoncé de cette somme, Rod Steiger se transforma aussitôt en Orson Welles dans *M. Arkadin*. Mr H consulta Morrison de l'œil, mais il n'avait pas trop confiance. Il n'attendit pas sa réponse, me sourit tout en jonglant avec son cigare à peine retenu par la pellicule de salive de ses lèvres.

– Un et demi.

– Mais je ne le fais pas moi-même. Je me contente de laisser faire.

– Alors, c'est très cher.

– Je le fais moi-même et c'est deux millions. Il n'y a pas à discuter.

– Très cher.

– Pas cher du tout. Je vous fais un prix spécial parce que je ne peux pas encadrer Kennedy.

– C'est incroyable. Un Européen comme vous. Je pensais qu'il n'y avait que les Américains qui ne pouvaient pas encadrer Kennedy.

– C'est un gugusse démocratique qui s'imagine qu'il est le clown blanc alors qu'il est en fait celui qui reçoit les gifles.

– Nous en sommes tous là, murmura Morrison, mais à voix si basse que je me dis même que j'avais dû mal comprendre, compte tenu de l'évidente profondeur tchékhovienne de ses paroles.

Mr H m'a promis que j'aurais en main les bordereaux du virement bancaire prévu une heure avant la mort de Kennedy. Morrison m'a suivi pendant que je me retirais à travers les couloirs du club J. Il me marchait presque physiquement sur les talons. Je n'avais pas besoin de voir son visage pour savoir qu'il me haïssait. Alors, je me suis arrêté pile devant la porte-tambour, en laissant mon coude en arrière pour qu'il se le plante dans les côtes. Je me suis excusé avec un minimum de conviction.

Le président a été très nerveux toute la journée. Depuis une semaine, il n'a fait que lire des romans du *Far West*, surtout ceux dont les héros sont des Texans. Il veut faire bonne impression sur les Texans, il marche en traînant les pieds comme marchent les cow-boys texans dans les romans, il n'enlève ni au soleil ni à l'ombre son chapeau blanc à larges bords et parle en traînant sur les mots, comme les Texans. Le chef du protocole de Robert Kennedy a essayé de le persuader d'apprendre à se servir d'un lasso et, dès son arrivée à Dallas, d'attraper le gouverneur Connally et de le jeter à terre. Cet acte serait un double symbole : du pouvoir fédéral qui est au-dessus du pouvoir de chaque État en particulier et, à un autre niveau, de l'attraction sexuelle qu'éprouve Washington envers les différents États. Après consultation des psychiatres les plus réputés de Washington, le chef du protocole a été interné à la fondation John Dewey Sr, où des témoins ayant assisté à son entrée racontent qu'il est arrivé maquillé avec une pommade blanche, en récitant les inepties que Shakespeare (auteur prolifique et mythifié à l'excès) met dans la bouche de la pâle Ophélie après la mort de son père, dissimulé derrière un honteux rideau.

La diète du président a changé. En dépit de sa maladie hépatique, il mange un steak d'une livre, avec deux œufs frits à cheval, au déjeuner et au dîner. Deux fois dans la même semaine, il a organisé des barbecues dans les jardins artificiels du cinquième palais, barbecues assaisonnés de sauces terrifiantes qui allumaient des flammes vertes dans toutes les bouches kennédystes. L'ancien ambassadeur Joe Kennedy a refusé ces nourritures, mais Robert ne s'est pas laissé fléchir et lui a fourré presque de force dans la bouche un morceau de viande sanguinolente de cinq centimètres carrés, enduit de tabasco tellement fort qu'il grésillait en touchant le palais des convives. Il faut tenir compte du fait que le palais des races nobles (et les Anglo-Saxons sont apparentés assez directement aux Aryens, à travers les Saxons) ne supporte pas ce qui pique. Par chance, les Kennedy sont celto-troyens, et sont physiologiquement beaucoup plus entraînés.

Moi, l'avantage d'être latin, j'ai tout mangé sans sourciller et Jacqueline, qui, quand elle en fait trop dans l'amabilité, en arrive à avoir l'air bête, m'a montré en exemple à tout le reste du service.

Nous nous étions donné rendez-vous au sommet de la montagne. Muriel avait une tunique d'organdi, des roses fraîchement coupées dans les mains, de tendres jambes de rêve. Les ciels teintés de liqueurs enfantines (groseille, menthe, *élixir d'amour**, orangeade) couraient vers le puits rouge du couchant. Le décor végétal avait été prêté par une entreprise très connue dans cette branche et la musique de fond était offerte par le meilleur violoniste aveugle de tous les violonistes aveugles, probablement sorti d'une minuscule édition du *Musicien aveugle*, de Korolenko. Deux mille athlètes olympiques couraient habillés de noir sur le ciel changeant, ils portaient des torches fumantes mais sans flamme. Cinq mille vierges déchiraient leurs pull-overs en pure laine vierge tricotés par leurs cinq mille fiancés, marins noyés dans la catastrophe que nous interprétions, dans le plus beau crépuscule littéraire de l'histoire des siècles.

Muriel était consciente de la dimension spirituelle de l'événement et avait rédigé quelques courtes lignes de présentation, un ordre du jour et une analyse politique des faits. Il y avait en moi un *avida dollars* dont les appétits petits-bourgeois sautaient aux yeux et me poussaient à me singulariser devant mes semblables. Je m'étais laissé prendre à l'esclavage du mode de production de l'intellectuel, producteur individuel rémunéré à la tâche, ce qui m'interdisait de comprendre aussi peu que ce fût la réalité à partir de la conscience de classe et, par conséquent, d'appliquer une morale de classe à des normes correctes de cohabitation. D'autre part, ma condition de producteur individuel m'avait donné une structure mentale de petit propriétaire agraire, individualiste, franc-tireur, non solidaire, qui pouvait m'amener aux excès d'une survalorisation subjective des valeurs de la culture bourgeoise, subjectivisme clairement manifesté dans le choix suspect de Voltaire face à Rousseau.

Devant des preuves aussi définitives, c'était non plus notre cohabitation permanente qui devenait difficile pour elle, mais encore notre intimité sexuelle. Son manque de confiance profonde envers moi créait une barrière dans ses engagements les plus définitifs et, depuis deux mois et sept jours, elle n'avait jamais réussi à atteindre des niveaux orgasmiques satisfaisants. Pendant toute cette période, elle n'avait pas manifesté sa profonde insatisfaction parce qu'elle espérait qu'une rééducation adéquate, un programme de saines lectures et de saines fréquentations pouvaient m'aider à venir à bout, ou du moins à prendre conscience de l'aliénation dont j'étais victime du fait de la mécanique de mon travail. Mais ma brutalité parafasciste de la veille avait mis en évidence la difficulté que j'éprouvais à surmonter mes connaissances, et peut-être mon incapacité finale à freiner ma chute irrémédiable dans les gouffres les plus affreux du fascisme théorique et pratique. Elle ne pouvait pas dire qu'elle se sentait très vaillante pour se sacrifier toute sa vie dans une cohabitation qui ne la satisfaisait pas, mais elle n'aurait jamais pris de décision aussi radicale si vite si elle n'avait pas eu à tenir compte de l'existence de la petite, qui risquait d'être très gravement perturbée dans le futur par l'éducation d'un père qui ne savait pas faire la différence entre le bien et le mal.

C'est pourquoi elle me suppliait de me rendre à ses raisons, de ne pas lui créer de dégoûtants problèmes légaux, car il n'est plus à démontrer que le Droit est une superstructure reliée directement aux intérêts de la classe dominante, qu'en définitive toutes les prérogatives de la puissance paternelle ne sont que la conséquence de la conspiration sournoise qui fait de la hiérarchisation au sein de la famille le pendant de la hiérarchisation paraféodale d'un système parafasciste.

Elle ne voyait pas d'inconvénient à ce que je vienne voir assez souvent la petite, du moment que mes visites se feraient en sa présence ou en présence d'une personne idéologiquement responsable, capable de mettre un frein à mes excès. Elle me remerciait par avance de tout ce que je pourrais faire à l'avenir pour le bien-être de ma fille, compte tenu du fait qu'elle-même n'avait besoin de rien venant de moi, et qu'il ne fait pas de doute que la liberté a une base économique.

Je lui répondis qu'elle pouvait se mettre la petite dans le cul.

Aujourd'hui, Kennedy se sentait philosophe. Il s'est entouré de sa cour au grand complet, y compris la reine Guenièvre et Erec Kennedy ; il y avait aussi Perceval Kennedy et Lancelot Sinatra. Kennedy a fait une brillante analyse de la philosophie américaine de la vie, depuis Emerson jusqu'aux écrivains penseurs de la *beat generation*. Il a parlé de l'esprit perdu de la prairie et de l'horizon sans limites, de l'individualisme créateur et de ses dangers, des beignets à la mélasse et de Lewis Carroll, du *star system* et de Tennessee Williams. Le président était dans un jour inspiré et les assistants ont gardé le silence tandis que Frédéric II pérorait. Il a comparé Nelson Algreen et Pío Baroja, y compris leur médiocrité idéologique. Je ne pus le supporter. J'ai pris la défense de Baroja au grand scandale de tous. La médiocrité idéologique de Baroja est un moindre défaut qui n'apparaît que dans ses livres d'opinion, mais qui, en revanche, est parfaitement dissimulé dès lors qu'il se tourne, comme procédé littéraire, vers le simple récit. Les romans reportages de Baroja, y compris ceux qui traitent du thème de la chute de la monarchie et de l'avènement de la République, sont aussi extraordinaires que les meilleurs romans reportages de Hemingway. Robert Kennedy m'a crié que j'étais exilé d'office au Pont-Euxin, mais Kennedy s'est interposé et il m'a même posé des questions quant aux sources critiques sur lesquelles était fondée mon argumentation. Je lui ai répondu qu'il n'y a pas plus de sources critiques de mes deux que le vague substrat culturel qui vous reste après que vous vous êtes enfilé deux ou trois mille livres. Le président, qui en a lu trente-trois mille, a fait oui de la tête, un oui catégorique, et tous ont laissé échapper un soupir de soulagement. Sans le vouloir, je suis devenu le second centre d'intérêt de la séance et, pourtant réfugié dans le coin le plus reculé de la salle, je remarquais les regards posés sur moi. C'est le fétichisme du succès, si petit soit-il, qui fait bander tous ces Américains, comme une paire de nichons parfaits ou le cul qu'on peut imaginer à la statue de la Liberté. L'ambassadeur soviétique s'est approché de moi pendant un entracte et, d'un sympathique geste parodique, il a fait comme s'il m'applaudissait. Nous avons échangé quelques phrases sur le temps à Washington et les bains de mer en Crimée. J'ai été non officiellement invité à visiter l'Union soviétique pour mes prochaines vacances. En se retirant, il m'a encore une fois recommandé de veiller sur le président. C'est un excellent garçon.

Une nuit splendide essayait de s'imposer aux lumières de la ville. Sur l'ultime terrasse du septième palais, le contact de l'air naturel m'a paralysé comme une évidence ou la surprise d'un bon souvenir. Après, mon propre poids m'est tombé sur les coudes, et le poids d'une certaine tristesse que je mets en réserve pour les moments propices. Et, comme dans les films américains des années quarante, une main féminine des années quarante s'est posée sur mon épaule. Je me suis retourné et je me suis exclamé avec une surprise feinte :

– Vous ?

Mais j'avais déjà des lèvres collées aux miennes et après est venu se serrer dans les lacs de mes bras son corps exact. Nous nous sommes mis à regarder la ville qui cachait son sommeil sous des lampadaires blancs et orange.

Après, j'ai essayé de lui prendre un sein. De l'attirer vers moi. De l'embrasser. Mais Muriel me repoussa avec décision et commença à descendre.

J'ai surpris encore une fois Lady Bird qui regardait par le trou de la serrure dans les appartements privés de Bob Kennedy. Je lui ai mis la main pour qu'elle remarque ma présence et elle a essayé de se sortir de ce mauvais pas en imitant avec les lèvres le chant du coucou.

– Je suis un coucou, je suis un coucou.

Mon air de scepticisme l'a ramenée à la réalité.

Mais elle a quand même essayé de voleter pour prolonger la fiction. À ma grande surprise, elle a réussi à prendre son envol au troisième essai, avec une lourdeur plutôt normale chez un coucou de son âge. Elle s'est cassé une aile contre les stucs du plafond et est retombée à mes pieds, passablement moulue, avec un sourire qui implorait ma solidarité.

Je l'ai reconduite auprès de son mari en lui disant que j'espérais bien que c'était la dernière fois qu'elle créait du scandale.

Avec les préparatifs du voyage à Dallas, je ne vois presque plus Nancy Flower. C'est pourquoi notre rendez-vous d'aujourd'hui a pris des allures de retrouvailles. Elle était un peu déprimée, la conversation ne tournait pas rond et nous n'avons pas fait l'amour. Elle m'a dit qu'il y a des jours où elle est assaillie par une étrange sensation d'étrangeté. Son corps, les autres, les choses, l'orographie... tout lui semble une même, gélatineuse continuité de matière répugnante. C'est l'obscénité de faire partie de quelque chose, c'est l'obscénité d'être engagée sans que personne lui ait demandé son avis sur la biologie et la géographie. Je lui ai dit que les Américains de sa génération avaient ce grand slogan vital de la Nouvelle Frontière et elle a fait mine de vomir. Après, elle a même fait sa pédante et elle a parlé des stimulants pour vivre et coexister, aussi lamentables que les stimulants pour tuer. Je l'ai embrassée, mais elle a détourné la tête. Je me suis mis à feuilleter un vieux numéro de *Life* et elle a essayé de lire quelques lignes d'un roman de Malcolm Lowry. Du coin de l'œil, je l'ai vue qui me regardait fixement et j'ai cru que le moment était venu. J'ai posé le magazine, je me suis mis derrière elle et j'ai baissé les mains jusqu'à ses seins. Oh, non. Oh, non. Aujourd'hui, non. J'ai tourné en rond dans la chambre. Elle s'est mise à pleurer. Elle n'avait rien, a-t-elle répondu à ma question. Je te le répète : je n'ai rien. J'ai pris une tranche de jambon dans le frigo et un reste de pain de mie dans un tiroir. Nancy pleurait toujours, la tête entre les genoux. Je lui ai préparé un bon verre de rhum à la cannelle, comme elle l'aime. Non. Pas de rhum à la cannelle non plus. Ma propre mécanique de solidarité a fini par m'indigner. Qu'est-ce que j'en ai à foutre, d'une Nancy Flower qui a des angoisses métaphysiques ? Qu'est-ce que j'en ai à foutre, d'une Nancy Flower, en dehors de la convention d'un lit ? Rien. Absolument rien. Sa tristesse est une gêne et un obstacle qui ont foutu en l'air ma journée. Par sens de l'esthétique, je lui ai demandé si elle avait besoin de quelque chose. Non. Au moment où je partais, elle m'a pris dans ses bras et elle m'a juré que rien n'avait changé entre nous, mais qu'elle a des jours comme ça. J'ai prononcé quelques phrases de compréhension, mais sans grand enthousiasme. Nancy m'a dit que, si je voulais vraiment, nous pouvions le faire. Non. Maintenant, c'était moi qui disais non, parce que je n'en avais vraiment, pas envie. Comme on ne sait jamais, je l'ai regardée de la tête aux pieds. Mais ça ne m'a pas ouvert l'appétit. Je viendrai demain. Non, je viendrai plutôt le jour d'après. Demain, je vais à Dallas. Après ce sera impossible. C'est pareil pour Nancy, je le comprends parfaitement. Nancy s'est mise à pleurer plus fort et elle a eu besoin d'une chaise pour supporter ses convulsions sans dommage. De chez le fleuriste du coin, je lui ai fait porter un bouquet de fleurs.

D'abord, j'ai essayé de la rattraper. Après, j'ai pensé qu'il valait beaucoup mieux la laisser commettre le crime. Elle reviendra, pensai-je. Non, elle ne reviendrait pas. C'était évident. Je n'y attachais pas tellement d'importance. J'étais conscient que la brûlure produite par l'idée que je ne reverrais plus la petite était une brûlure culturelle, dégueulassement conditionnée par toute une éducation qui fait exprès de créer des faux cordons ombilicaux entre les parents et les enfants pour garantir l'obscénité de la biologie. Mais le résultat, c'était cette angoisse qui me poussait à rattraper Muriel.

Je pressai le pas et je remontai à sa hauteur aux abords de la ville. La grisaille suintait des premières rues des faubourgs, nous marchâmes ensemble en silence et arrivâmes aux premiers trottoirs larges et éclairés.

– Il n'est pas impossible que je parte, lui dis-je, mais elle ne me répondit pas. Peut-être qu'on pourrait arriver à faire quelque chose par ici. Mais j'en ai marre de me casser les cornes de tous les côtés.

Les éclairages des magasins mettaient des lumières sur les traits hiératiques de Muriel. Je me dis que la femme de Mao devait s'avancer avec la même expression vers la chaudière dans laquelle la balancèrent les troupes de Tchang Kaï-chek, ou bien que Sacco et Vanzetti devaient marcher avec la même fermeté vers le lieu de leur exécution, et que ce visage-là s'apparentait beaucoup avec celui d'Yves Montand quand il interprétait à l'Olympia le *Chant des partisans*. Il me semblait même entendre les passants interpréter ce chant, les passants qui accéléraient le pas, enthousiasmés par la chanson, agitaient les bras, se massaient autour de nous, générant une chaleur qui mettait du rouge aux joues de Muriel. La foule nous entourait et reprenait en chœur le *Chant des partisans*. Les nourrissons hurlaient qu'ils briseraient les barreaux des prisons pour leurs frères, les conducteurs de tramways posaient de la dynamite dans les couilles des statues, les mineurs sortaient des égouts avec leurs casques à lampe éclairant le chemin. Muriel dirigeait la manifestation habillée en *pom pom girl* pas salope et je marchais à côté d'elle en ma qualité de *pom pom boy* consort. Notre gamine voletait au-dessus de nos têtes avec la figure de Lénine et les ailes de Camilo Cienfuegos. Sur ces entrefaites résonnèrent les décharges, et après les balles vinrent les obus.

La bombe atomique tomba à neuf heures du soir, à neuf heures du soir exactement. Quand dans le ciel tout entier étaient les mystères et dans la mer les sillages effacés par le sépia nocturne, quand le froid gèle en nous toute la ramure intérieure de notre corps, os ou veines, et que les frimas nous mettent de l'eau dans les yeux et un air amer à la mauvaise place entre les poumons et le cœur.

– Adieu.

Muriel me dit adieu. Elle pressa le pas. Je la suivais du regard pour le cas où elle reviendrait. Mais j'avais remarqué qu'elle avait un filet en plastique dans son sac et que probablement elle allait s'engouffrer dans le premier magasin venu.

Je haussai les épaules et entrai à la C.I.A.

Lady Bird.
De quelle couleur est le fond du monde,
Le centre de la terre,
La frontière gauche de l'univers ?

J'aime les questions les plus intolérables.
Mais je ne tolère pas votre odeur d'étranger.

Lady Bird,
Avez-vous gardé votre déshabillé* *du premier soir,*

Votre culotte ducale, la bassine d'or,
L'oiseau empaillé qui chanta à l'aurore ?

Donnez-m'en un bon coup et partez lentement,
Encombré de ces choses qui m'ont tant fait peur

Lady Bird,
Dans vos quatre horizons, est-ce que tient le désir
La terreur, le souvenir, la passion, l'oubli,
Les montres cassées, l'épingle sanglante ?
Ils posséderont la terre, mais je ne le verrai pas ;
Je suis née vieille pour aimer les ruines,
J'aime mon rancho, mon pouvoir et ma gloire.

J'ai tiré le premier.
Ça, c'est à voir.

Le jour où je suis née régnait Saturne ;
Annelé le précipice,
Peint de pourpre macabre, il feignait les hommages.

Quelles sales gens,
Vous êtes passé, et la mort est passée,
Elle ne devait pas aimer les barbecues.

J'adore les fêtes champêtres.

J'y penserai.

Je suis arrivé à Dallas quarante-huit heures avant Kennedy. Les contacts que j'ai pu avoir avec la police locale ont été banals. Je connaissais déjà le peu de sympathie dont jouit Kennedy au Texas, sans doute l'État de l'Union où la superstructure idéologique des pétroliers a le plus imprégné la sagesse conventionnelle de la population. Même les gardiens de parking ont une attitude morale de gros propriétaires possédant de profonds intérêts au Venezuela ou en Argentine. Je suis convaincu que ce pays mériterait de se voir offrir une émission spéciale de dollars qui auraient la même valeur que les autres, mais plus grands et plastifiés, des dollars texans qui auraient la taille d'un tanker. Comme à travers un processus aristotélicien, les gens vivent ici la cause ultime d'effets dont j'ai été témoin dans d'autres voyages et d'autres missions spéciales. Je me souviens des petits cireurs de chaussures de Rio de Janeiro, des indigènes à gros ventre de Pará et de Manaos, de ce Quechua bolivien que Barrientos avait interrogé personnellement en ma présence. L'ordre des hommes et des choses est le premier effet de cette cause dernière. L'équilibre de l'offre et de la demande entre les hommes et les peuples a son vérificateur sur ces terres, dans ces bureaux annoncés sur toute la largeur de la façade, dans ces hommes encigarés, chapeautés, grands, rectangulaires, qui en parlant expriment tout le mépris qu'ils ressentent pour la moindre forme d'altérité : fourmi, péon mexicain, cigarière philippine, cantonnier de Jaén, ces vieilles barques que les pêcheurs de Veracruz goudronnent sans se lasser, ou ce mégot que les prisonniers se passent avec le mouvement des doigts précautionneux de celui qui joue avec sa dernière chance.

La police locale s'est contentée de me donner une carte spéciale et de m'accompagner pendant douze heures de suite, dans un sens et dans l'autre, le long du parcours que doit faire Kennedy. Un seul endroit dangereux. Le moment où la voiture traversera un large espace surplombé par un pont. J'ai télégraphié mes conclusions à Washington et Morrison a mis en place un service de sécurité normal. Avec cette étude préalable, ma mission est pratiquement terminée. Pendant le trajet de Kennedy, je dois être un peu partout à la fois, superviser, observer. Trois fois rien. Je sais que ce qu'il y a de plus difficile, c'est d'être à côté du « colis ». Je sais que le comportement d'un « colis » subit des changements radicaux pendant cette sorte de voyage. Je me souviens de ma dernière mission auprès de Trujillo. Je n'ai jamais vu un homme aussi méfiant, mais l'orgueil qui lui faisait cacher sa peur ou sa méfiance était encore plus grand. Vous, mon gars, vous regardez au nord. Surveillez le nord, *amigo*. Moi, je me charge de surveiller l'est, le sud et l'ouest. Cette phrase, Trujillo l'avait dite à tous les agents spéciaux avant moi, mais elle n'était pas détériorée par l'usage, parce que le Bienfaisant parlait avec une suprême aisance et bien qu'il se répétât sans cesse, on avait l'impression qu'il improvisait. De la cour du grand Tamerlan à la cour de Frédéric II l'Arabisé, en un an j'avais parcouru un long chemin historico-culturel. La seule conclusion sincère que j'en avais retirée, c'était que, s'il ne tenait qu'à moi, Samarcande et la Sicile, Trujillo et Kennedy avec toute sa photogénique famille pouvaient bien crever.

Pendant mes allées et venues dans Dallas, je me rendis compte que ne s'était pas éteint en moi ce que Muriel appelait mon septième sens petit-bourgeois : ma tendance à m'enraciner, à m'adapter à une norme de vie. J'avais la nostalgie de Washington, des endroits que je connaissais, de mes trajets habituels. J'attendais l'arrivée de Kennedy avec impatience pour revoir mes camarades, le président lui-même, Jacqueline. Il n'y a rien de plus triste que de manger seul. Manger seul, entouré de rudes Texans, devant un steak grand comme la main et épais de trois doigts. Manger un steak texan revient à faire une contre-sculpture cubique, modifier peu à peu la forme d'un cube de viande au cours d'une improvisation gastronomico-surréaliste. Chaque morceau arraché à la matière viande libère un lieu dans l'espace et la nouvelle forme a presque sa vie propre dans l'attente d'un nouvel assaut. C'est la guerre. Ou, au moins, une bataille complémentaire de la grande guerre contre la grande vache. Dans la grande société d'abondance postindustrielle, on vous servira, dans les restaurants, la grande vache entière, dépouillée de sa peau, toute crue, et vous la mangerez sans vous presser, pendant vos loisirs. Une activité pour vos loisirs. J'ai découvert une activité pour vos loisirs. Manger des vaches texanes grillées, avec un léger arôme de pétrole. Élevage et industrie pétrolière, la vieille bataille de l'interminable roman d'Erna Fober. Ces Texans devront exporter des vaches congelées que pourront s'offrir le dernier péon guatémaltèque, le dernier garçon de café espagnol. Peut-être alors, dans cent ans, aurons-nous perdu, nous, les Espagnols, ce respect révérenciel que nous inspire un bifteck de cent grammes, lointaine étoile dans les ciels obscurs de l'après-guerre. La liquidation du souvenir de la guerre civile et de l'après-guerre est la condition *sine qua non* pour que les Espagnols occupent à jamais la place qui leur est due dans les limbes de la non-substance et de la médiocrité. Ç'a été la dernière fois que nous avons fait quelque chose qui était digne de paraître en première page du *New York Times*.

Le casier avait la chaîne et le cadenas qui avaient été prévus. Je vérifiai que le fusil, avec son téléobjectif, était bien à l'intérieur et je le refermai rapidement pour empêcher qu'un voyeur ne vienne y mettre son nez. La distance depuis le casier jusqu'aux premières marches de l'escalier du pont était idéale. Il me suffisait de prendre le fusil, de sauter deux ou trois volées d'escalier et j'aurais un angle de tir impeccable.

Je me souvins de mes premières expériences de tir sur cible vivante à l'École de Reconversion Professionnelle. Je m'étais déjà coltiné trois mois d'instruction psychologique et voilà qu'ils me lâchent une Tunisienne vieille et grosse. Elle se mit à courir comme convenu, en tournant autour d'un point déterminé. Je devais viser la vieille au troisième tour, quand elle serait face à ma lunette. Mais elle partit soudain en droite ligne vers la porte de l'enclos, trébucha et tomba plusieurs fois avec l'outrance que mettent les grosses vieilles à tomber. L'instructeur me retint au moment où j'allais lui tirer dessus, dans sa fuite, et sur ses traits je lus clairement l'insulte que je lui inspirais : sanguinaire.

La vieille resta près de la clôture, elle transpirait de fatigue. L'instructeur monta dans une jeep et alla jusqu'à elle. Il descendit et lui montra le papier du contrat. De loin, je compris qu'il lui en relisait les clauses, le tout avec une amabilité irréprochable. D'une main, il tenait le document, et il s'aidait de l'autre pour expliquer les paragraphes importants. La vieille n'était pas d'accord avec quelque chose parce qu'ils regardaient ensemble le papier et rediscutaient. Enfin, ils semblèrent être parvenus à un accord. L'instructeur donna une tape dans le dos de la femme, l'aida à monter dans la jeep et la déchargea dans le cercle de tir.

Cette fois, je lui donnai juste le temps de faire un tour. Mon tir la transforma en un grand sac de gélatine qui pencha doucement et finit par se coucher de tout son long par terre sans le moindre prurit esthétique.

L'instructeur n'aima pas ma précipitation.

– L'homme sera là parce que c'est sa place, m'assura Morrison, la mâchoire encore plus accentuée que lorsqu'il donnait l'ordre du débarquement.

– Il ne bougera pas ?

– Je ne suis pas sûr que vous m'ayez bien compris. Je ne crois pas. C'est le seul endroit où il puisse aller. Vous avez de l'instruction, peut-être que vous pourriez le dire mieux que moi. Cet homme, sans ce pont, sans cette *roulotte**, sans l'autorisation municipale que nous lui avons donnée pour qu'il installe sa roulotte et son commerce précisément sur ce pont, n'est rien. Maintenant, en revanche, c'est un trimardeur plein de reconnaissance.

– Pas pour longtemps.

– Il ne saura jamais qu'il n'a pas eu de chance.

Morrison a les pieds sur le bureau, qui n'est pas à lui. Je crains pour le palissandre d'une manière irrationnelle. Je flanquerais de bon cœur un revers de main à ces pieds pour les faire retomber par terre, où est leur place. Mais Mr H ne dit pas un mot. Il se contente de nous regarder du fond de son fauteuil directorial, curieux ou perplexe. En sourdine, la radio chauffe la population de Dallas pour la réception de Kennedy.

– Il est en train d'atterrir. Rejoignez votre poste.

Peut-être ai-je volé dans un étrange ciel de souvenirs. Muriel m'accompagne au cours d'une matinée d'automne, près d'un étang avec des lotus, ou peut-être sans lotus, son accoutumée mauvaise humeur naturelle un peu émoussée par la chaleur bienvenue d'une belle journée sous le soleil. Ce même soleil qui me surprend à la sortie et m'écrase sous l'évidence que je suis à Dallas, que j'ai choisi d'être bourreau et non victime. Les titres sur les cartes de visite devraient être aussi élémentaires que ça : victime, bourreau. Rien de plus.

Avec l'argent que je toucherai, je vais tout laisser tomber. Je me chercherai une fille pas très maligne, fraîche et farouche. Je l'emmènerai sur une île peu fréquentée. Je brûlerai mes vaisseaux. Je ne garderai que quelques livres et quelques disques. Je ne garderai que les vaisseaux du souvenir.

– J'ai assez d'argent pour être libre.

Je ne dis pas ces mots à voix haute – je les criai presque, à la grande surprise des passants. Non seulement je vous tiens au bout de mon pistolet, imbéciles. Je peux en plus vous acheter quelque chose, je peux vous acheter à tous ou presque cette tête de baveux que vous avez.

Et presque sans que je m'en sois aperçu, le pont traverse le bout de l'horizon. Il est là.

C'était bien le pont.

Je marchai dessus et dessous. Rien d'objectif ne motivait mon malaise. Mais le pont m'attirait et je le parcourais encore et encore, sans savoir pourquoi. Au bout, du côté gauche, sommeillait une roulotte. Des enfants l'entouraient, ils criaient : « On veut le voir ! On veut le voir ! » Un vieil homme apparut dans l'encadrement de la porte en tôle. Il était à moitié maquillé en clown et il mit une main en visière au-dessus de ses sourcils, comme s'il guettait devant un immense horizon. Les enfants se mirent à rire et ils se donnaient des coups de coude enthousiasmés. Le vieux faisait de vieilles clowneries. Il faisait semblant de dormir. Il faisait semblant de tomber. Il tombait. Il faisait semblant de pleurer, mais il ne pleurait pas car ses cernes rouges ne coulaient pas et ses yeux se devinaient secs derrière le rimmel arachnéen. Sur la camionnette, il y avait une pancarte : « Fred, l'ami des enfants. » Et Fred n'arrêtait pas de rentrer dans sa roulotte et à chaque fois il réapparaissait avec quelque chose de nouveau : un perroquet, un singe, une chaise à trois pieds sur laquelle il n'arrivait pas à s'asseoir. Après, il sortit son tapis volant et monta dessus. Le tapis fit trois ou quatre fois le tour de la roulotte en un vol parfait. Les enfants avaient envie d'y monter, eux aussi, mais Fred fit une moue comique qui voulait dire non et fourra le tapis volant dans sa poche. Après, je le vis avaler du feu qui sortait d'un fil de fer, mettre un vieux maillot de bain et plonger dans un grand baquet sans eau. Fred se mit à gesticuler comme s'il prononçait un sermon ou un discours, mais il ne disait rien et cette scène fit beaucoup, beaucoup rire les enfants.

Je descendis du pont et, parvenu à sa base, je continuai à observer les clowneries de Fred, tout là-haut, entouré d'enfants de plus en plus nombreux. Encore une petite heure avant l'arrivée de Kennedy. De temps en temps passaient des motards, deux par deux, qui allaient vers l'aéroport et les policiers se postaient avec nonchalance le long du trajet. Le coude d'une fille habillée en jaune me frôla. Sur l'eau sale contenue dans un baril déglingué flottaient des coques d'amandes et un paquet disloqué de Lucky Strike. J'enfonçai le paquet en le poussant avec un doigt et il resta un cercle de graisse noire autour de ma première phalange. J'entrai dans un bar pour aller aux toilettes. Devant la glace, j'imitai quelques-unes des clowneries de Fred. Des lèvres, je dis des phrases de Kennedy, mais ma voix ne les élevait pas au rang de proclamation. Je dis : « La conquête de l'espace est la grande aventure de notre génération. » « Nous sommes démocrates parce que nous avons appris à respecter la valeur de la personne. » « Les peuples pauvres du monde se tournent vers nous avec rancœur, mais aussi avec espoir... » La glace me renvoyait les taches de vapeur qui estompaient mes traits et les taches d'oxydation le long du cadre en métal. Je tirai à plusieurs reprises sur la serviette, mais elle sortait toujours déchirée. Je m'essuyai les mains avec mon mouchoir et les clés de la voiture tombèrent par terre. Les trois clés se retrouvèrent séparées et le porte-clés absurdement ouvert et surpris. Je mis du temps à dominer mon irritation et à décider que je n'avais plus qu'à me baisser et à rétablir les relations entre le porte-clés et les clés. Mes doigts faisaient preuve d'une maladresse inhabituelle. Ils n'en finirent pas de passer les trois clés dans l'anneau et ensuite le trousseau resta dans la paume de ma main, et ni lui ni moi ne savions ce qu'il fallait faire.

Le porte-clés dans ma poche, je rejoignis le comptoir et je demandai un *ginger ale*-vodka. Le garçon était mexicain et je lui parlai espagnol. Mais il ne savait dire que quelques mots. Mon verre à la main, j'allai jusqu'à la porte. Les gens avaient formé des rangées compactes de chaque côté de la rue. Pas une seule pancarte dans ce secteur. Je bus rapidement et je me dirigeai vers un des centres de contrôle. Je donnai le mot de passe et l'on me dit qu'il n'y avait rien à signaler. Une pancarte injurieuse, mais qui était déjà entourée par des policiers en civil. Les hélicoptères survolaient les terrasses et je vis à quelques fenêtres l'inévitable tête carrée à double menton qui caractérise 70 pour 100 de la police des États-Unis. Je retournai vers le pont. Les gens qui marchaient au petit bonheur la chance était plus nombreux que ceux qui s'étaient rangés pour attendre Kennedy. Plusieurs camionnettes avec des haut-parleurs passèrent, elles gueulaient des slogans publicitaires. J'aperçus une pancarte au loin, mais je ne pouvais pas lire ce qu'il y avait écrit dessus. D'une voiture de patrouille en stationnement sortait la voix altérée d'un speaker. Je montrai ma carte et je passai la tête par la fenêtre « ... et c'est en cet instant que le président Kennedy va commencer son parcours dans la ville... ».

– Il est arrivé, me dis-je à moi-même, mais à haute voix.

– Et plus tôt il repartira, mieux ce sera, répondit sans me regarder l'un des policiers assis dans la voiture.

– La visite de Kennedy, ça vous dérange ?

– J'aime mieux Bob Hope.

Les trois autres se mirent à rire. L'un d'eux riait presque aux larmes et il se tenait le ventre à deux mains. Sur un doigt, en guise de bouton pour fermer le secret de ce ventre immense, une énorme chevalière en or qui figurait une tête de Comanche.

– Ne vous fâchez pas, *fed*. Vous êtes un *fed*, pas vrai ? Ici, au Texas, nous ne nous laissons pas impressionner par les présidents de Washington. C'est pour ça qu'ils viennent nous voir si rarement. C'est les messieurs de l'Est qui aiment bien ça. Et les tantes de l'Est. Il faut voir comment les tantes de l'Est, elles aiment bien John.

Je ressortis la tête et je me vis entouré d'une sarabande de gens bicolores et tricolores, drapeaux de l'État, quelques chants, cornets de pop-corn, sillons de réacteurs dans le ciel, une strate de soleil brisée au-dessus des têtes, et au-dessus de la strate, le pont. J'allai jusqu'au pont, d'un pas de plus en plus ferme. Ma tête était partagée entre l'image oscillante du pont qui se rapprochait et le bruit des sirènes qui avançaient derrière moi. Près de la pile du pont, je m'arrêtai parce que le bruit des sirènes m'écorchait presque la peau de la nuque.

Je vis les insectes motorisés rompant le tunnel d'air au milieu de la foule. Au fond avançaient les yeux morts des premières voitures de la caravane. Les motos déchirèrent mon champ de vision le plus proche et une voiture se glissa à travers l'accroc, puis une autre, puis une autre..., dans laquelle se trouvaient John, Jacqueline et Connally, avançait à une allure un peu plus lente. Elle était à environ cent mètres.

Alors, je mis mon fusil en joue et je visai avec une sûreté de robot. De mon œil jaillissait un canon métallique qui brilla mille fois plus que le soleil. La détonation arriva à mes oreilles bien après les hurlements de la foule. Je vis Jacqueline allongée sur le corps penché du président, un agent qui sautait de sa voiture dans la voiture présidentielle presque sans ralentir. Mais je ne m'étais pas endormi. Depuis que la détonation s'était tue, je courais vers le pont et ce n'est qu'au moment où j'agrippai la rampe de l'escalier en fer pour donner de l'élan à mon ascension que je me rendis compte qu'à l'autre bout le sillage de gaz sortait du tuyau d'échappement d'une berline.

– Il ne fait aucun doute que vous avez très bien travaillé, Morrison. Moi-même, je n'étais pas enthousiasmé par votre plan. Mais ça a marché comme sur des roulettes. Pepe Carvalho a agi au bon moment, il était où vous vouliez qu'il soit. Il s'est comporté comme vous vouliez, comme je voulais qu'il se comporte...

– Comme il voulait lui-même se comporter. Ne l'oubliez pas.

– C'est vrai. Même ça. Comme il voulait lui-même se comporter. Tout est bien qui finit bien.

Mr H allume les vers luisants de ses yeux et projette des feux dentaires. Il envoie dans le mille d'une cible de liège des plumes chères, coloriées en vert de music-hall. Morrison se fait les mains avec un coupe-ongles chromé.

– Vous avez très bien travaillé, Morrison.

Depuis le moment où vous avez fait entrer cet homme dans nos plans jusqu'à maintenant, où il va en sortir. Quelqu'un peindra cette nuit en pourpre triomphale les plus belles étoiles du Texas. Le jour de la libération et de l'oxygène est arrivé. Voyez, voyez. Je respire comme si j'avais quinze ans et que dans mes poumons pouvait entrer tout l'air du monde et en sortir un ouragan sans pitié.

Mr H renverse des presse-papiers et des briquets lourds comme des cathédrales. Il lui suffit de respirer pour faire monter et descendre le corps de son bureau de palissandre, les globes d'opaline oscillent et même les parois préfabriquées se gonflent comme les voiles d'un navire imaginaire.

– *Je mangerais un bœuf.*
– *Mangez-le.*

Morrison se passe les mains sur le visage, mais ses taches de rousseur ne s'effacent pas. Il frissonne sous le vent qu'a fait se lever Mr H et enfonce le cou entre les revers de sa veste à carreaux.

– *Le fils de chienne est mort.*
– *Je veux mon fric et je m'en vais.*
– *Maintenant, ça ferait mauvais effet. Tout le monde va renifler le pot aux roses.*
– *Je sais faire semblant. Mon métier consiste, fondamentalement, à faire semblant. Je veux mon fric et je m'en vais. Il n'y a plus rien à faire, ou si peu. Ne vous inquiétez pas, je le ferai et c'est marre. Je partirai ensuite.*
– *Laissez-moi rêver devant vous, Morrison. Le monde sans Kennedy m'appartient davantage, je ne sais pas comment vous expliquer.*

– Le monde sans Mossadegh vous appartenait davantage aussi.

– Merci, merci, Morrison.

– Le monde sans Enrico Mattei aussi vous appartenait davantage.

– Merci, merci, Morrison.

– Mais il vous reste encore beaucoup à faire. Et cette fois, ce ne sera pas moi qui le ferai. Je suis fatigué. Le montage de cette affaire a épuisé mes capacités de résistance. Je termine et point final. Je veux mon fric et je m'en vais. Il ne reste pas grand-chose à faire.

– Vous voulez prendre votre retraite ?

– Appelez ça comme vous voudrez. Je veux de nouveau être capable d'avoir des rapports avec les autres. Je ne veux plus avoir à faire avec des gens comme vous ou Pepe Carvalho. Je voudrais être pharmacien ou croupier, père de famille ou play-boy en demi-teinte.*

– Et pourtant, vous avez un rare talent pour mener les intrigues. Vous êtes redoutable.

– Je suis un technicien. C'est tout.

– Avec ce que vous touchez, votre avenir est assuré.

– Si vous le dites.

– Je paie bien. Vous ne pouvez pas vous plaindre.

– Je veux la part de Pepe Carvalho.

– Pourquoi ?

– Il n'était pas prévu que je le tue. Sa part, ce sera le prix que vous coûtera sa mort.

– Vous ne l'avez pas encore fait.

– C'est une question de minutes.

Morrison tire le réveil de la gaine qui le cachait et on entend un son d'horloge parlante en direct. Morrison remercie sans se montrer surpris et frotte une nouvelle fois ses taches de rousseur sans les faire disparaître. Il se lève et s'approche d'un chromo encadré où des baigneuses sautent par-dessus des vagues émeraude sur une plage chaude dans la lumière d'une mer du Sud.

– *Peut-être que j'irai là-bas.*

– *On n'y est pas mal, mais je vous recommande Acapulco.*

– *Vous y avez des hôtels ?*

– *Un ou deux.*

Du tableau commence à sortir doucement de la musique méditerranéenne. Une voix *off* décrit les avantages touristiques de la Riviera italienne.

– *Vous partez avec Nancy Flower ?*

– *C'est possible. Surtout si j'arrive à lui cacher que c'est moi qui ai tué Pepe Carvalho.*

– *Elle était amoureuse de lui ?*

– *Ce n'est pas exactement le mot. Si elle sait que je l'ai tué, la possible laideur de son jeu devient par trop évidente.*

– *Laideur ?*

– *Appelez ça comme vous voulez. Enfin de compte, nous ne sommes pas comme vous, nous ne défendons pas notre pouvoir ou nos idées. Nous défendons un train de vie convenable.*

– *Nancy Flower... Nancy Flower...*

Mr H a adopté des manières de poète lakiste évocateur et Nancy Flower apparaît, nue, comme la Vénus de Botticelli, naissant du haut d'un puits de pétrole. Nancy Flower cache son sein avec sa chevelure et son sexe avec une main. Elle écarte ses cheveux de son sein et il en sort un jet de lait vaporisé. Elle écarte la main de son sexe et il en sort une rafale de mitraillette. Le tout sur les accords du deuxième concerto pour piano et orchestre de Rachmaninov.

– Je n'apprécie pas que vous évoquiez Nancy avec autant de familiarité.

– Vous avez des réactions d'adolescent, Morrison.

– Vous ne me payez pas pour contrôler mes réactions. En plus, votre imagination érotique ne m'intéresse pas. Je veux mon fric et puis je m'en vais.

– D'abord, vous devez tuer Carvalho.

– D'abord, Carvalho doit tuer Carvalho.

Un téléviseur géant s'allume, déguisé en fenêtre ouverte sur une forêt de derricks. Sur l'écran, un homme conduit une voiture avec une plaque d'immatriculation officielle sur une route de terre. Morrison s'approche de l'image agrandie et s'amuse à empêcher le volant de tourner.

– Ce malheureux ne sait pas où il va.

– Je me suis dit parfois qu'il était trop intelligent pour vous.

– Cette impression m'a été très utile. Surtout venant de lui, qui était partie prenante. Son esprit de supériorité m'a beaucoup aidé.

Moralement, il a constitué pour moi un stimulant inappréciable.

Il met un doigt dans l'œil du conducteur de la voiture. Mais celui-ci continue comme si de rien n'était. On dirait qu'il siffle une mélodie, bien que l'image n'ait pas de son.

– Comment l'avez-vous soupçonné ?

– Grâce à un renseignement que m'a fourni Phileas Wonderful. Vous ne le connaissez pas. C'était un vieil agent à nous qui s'est retiré en Espagne. Sa seule activité est intellectuelle. Il défend avec sa plume la stratégie universelle des États-Unis. Wonderful était directeur de l'école où Pepe Carvalho a été formé avant d'être Pepe Carvalho. Ils étaient du même pays, ça les a rapprochés. Notre homme avait tout le charme du jeune intellectuel nihiliste qui assume son pessimisme au point de renverser cul par-dessus tête sa morale et sa conduite. D'apprenti révolutionnaire il est passé à apprenti de la contre-révolution. Après sa sortie de l'école, il a suivi une trajectoire irrégulière, faite d'apparitions et de disparitions. Du travail très réel pour nous à Saint-Domingue, au Liban. Pendant ce temps, la légende de Pepe Carvalho prenait corps. Les grandes actions de Pepe Carvalho coïncidaient avec les périodes de repos de notre homme. Ses disparitions n'étaient que de logiques périodes de désintoxication et de retour aux sources, se justifiait-il. Le fait est que chacune de ses réapparitions nous valait un succès assuré. Nous savions que Pepe Carvalho travaillait pour le compte de Bacterioon et ce qu'il y avait de plus

mystérieux dans sa conduite était précisément ce mystère. Normalement, nous avons une fiche complète pour chaque agent, ami ou ennemi. L'échec et mat est une question de situation, nous savons les fiches par cœur. Mais pas celle de Pepe Carvalho. Nous avons commencé à renifler une double vie quand Frondizi a failli être assassiné pendant sa tournée européenne. Pepe Carvalho était chargé de le tuer et notre homme était le chef de la garde personnelle du président. Wonderful retrouva son ancien élève à Madrid et ils eurent une brève entrevue. Mais suffisante pour que Wonderful se rende compte d'une chose déconcertante chez lui : il avait une capsule de poison collée derrière les dents de devant.

Mr H sourit avec la malice d'une gouvernante et crispe la main et l'avant-bras en un geste très clair indiquant la dernière rigidité qui précède l'orgasme. Sur son écran cinématographique cérébral, Mr Wonderful embrasse passionnément un agent secret et découvre une capsule collée derrière ses gencives.

– Non, non. Simplement, ils ont partagé plusieurs nuits de suite la même secrétaire d'ambassade. En dépit de la différence d'âge, la fille était beaucoup plus fidèle à Wonderful, un vieux cheval de retour au galop espacé et sûr. Mais nous avons vérifié à une autre source, l'épouse de l'attaché culturel de l'ambassade d'Autriche. C'est une broyeuse d'hommes, quand elle les quitte, il n'y a pas un coin qu'elle ne connaisse. Elle les laisse nettoyés, corps et âme. Elle aussi a confirmé, pour la capsule.

– Mais je suppose que ces capsules doivent être très fréquentes chez nos propres agents secrets.

– Seulement quand ils sont en mission en territoire ennemi. Ce n'était pas le cas de notre homme. À Madrid, il remplissait une mission en terre amie. Et ici ? Il n'y avait pas à se tromper : un agent double.

– Mais de là à en déduire que c'était Pepe Carvalho.

– Nous nous en tirons très bien, Mr H. Nous sommes en train *de mettre en place un parfait dialogue déductif sur Sherlock Holmes et le docteur Watson. Élémentaire, Mr H. Nos soupçons étaient nés et je repris personnellement l'affaire. Je compris vite ses applications pratiques. Je devinai vite à quoi pouvait nous servir un agent double démasqué et dans l'entourage de Kennedy. Je me suis contenté de comparer les silences de notre homme avec les actions de Carvalho. La coïncidence était totale. C'est alors que je fis circuler la rumeur selon laquelle Carvalho voulait tuer Kennedy et je demandai à Carvalho lui-même s'il voulait se charger personnellement de la protection du président. Il me joua un peu la comédie.*

– Mais il y avait une marge d'erreur possible, Morrison. Il pouvait être agent double et n'être pas Carvalho.

– Sa tiédeur était évidente. Il avait des manières de vaincu. Ce n'est pas un spectacle agréable. Carvalho était l'un d'eux et il était désigné par les données que nous fournirent Nancy Flower Robert Kennedy, Edward.

– Les Kennedy aussi...

Sur l'écran de télévision apparaît maintenant la photo de groupe des Kennedy. À la place de John, il y a une vague silhouette qui garde la pose. Robert murmure entre ses dents serrées : Je n'ai jamais eu confiance en lui.

– *Les Kennedy ne pouvaient pas savoir si c'était Carvalho. Ils n'avaient pas confiance en son efficacité. C'est pourquoi ils le payaient de temps en temps et lui a toujours tenu bon. Pour vous, ce doit être une donnée difficile à comprendre, Mr H. Vous avez peut-être grimpé de la pauvreté la plus absolue jusqu'au néant, mais vous avez toujours été américain. Vous n'avez jamais pris un coup sans le rendre. Chez Carvalho, il y avait une cohérence à ce qu'il tînt bon. Il devait poursuivre son entreprise sans se faire remarquer, et il se faisait remarquer précisément par son sens de la soumission. Inexplicable. Inexplicable aussi qu'il accepte tout sans se troubler Le président cassait la gueule à Allan Dulles, il ne cillait pas. Jackie lui montrait ses protest songs... il ne se troublait pas.*

– *Jackie écrivait des* protest songs ?

– *Ils étaient de moi, Mr H. Je les donnais à Jackie pour qu'elle les passe à Carvalho et voie à qui elle avait affaire. Il était imperturbable jusqu'au grotesque.*

Sur l'écran apparaît un homme en costume bicolore, assis sur une valise en bois, la gamelle ouverte, il fourrage dedans avec son couteau pour attraper quelque chose. Quand il sourit à Morrison et à Mr H, il laisse voir le drapeau de nicotine et les brèches de ses dents branlantes et pointues : Ça vous dit ? Il leur offre un morceau de langue en ragoût qui dégoutte une sauce froide depuis le bout du couteau où il est planté.

– Nancy Flower.

Morrison s'interrompt et frémit : Nancy Flower réapparaît nue, accroupie, de face, les bras à demi tendus, comme en attente d'un corps qui la complète à la façon du coït balançoire de l'iconographie hindoue. Morrison semble assez angoissé et sanglote avec une hystérie libératrice, contrôlée.

– Nancy Flower. Je disais que Nancy Flower a été un personnage décisif dans la recherche de la preuve. S'il est une chose qui distingue l'homme fort du faible, c'est son comportement au lit.

– Vous pouvez le dire, Morrison.

Nancy Flower a enfin un compagnon. Mr H lui-même la fait se balancer. Morrison pleure, à genoux par terre, et il essaie de séparer le couple sur l'écran sans parvenir à le toucher, c'est une gesticulation morte dans l'air, molle, comme les tentatives ratées dans les rêves.

– Il n'y a pas de meilleur test pour l'homme, Morrison. Comment ça va, vous ?

– Prudence.

– Tout doux... ? Psssseeeee... insuffisant ? Vous avez une tête d'irrégulier.

– Je suis normal et parfois un peu supérieur à la normale.

– Je me soigne beaucoup. Plus j'approchais de la maturité et plus j'étais préoccupé par la question, entre autres. Heureusement que je me prépare depuis longtemps. L'important, c'est de ne pas tomber dans les pièges psychologiques. La dernière fois que j'ai échoué avec perte et fracas, c'était parce que j'étais tombé amoureux, mais ce sera la dernière. C'est ce que j'ai dit à mon fils aîné quand il s'est marié. Maintenant, ça va marcher comme sur des roulettes parce que les hormones ne savent pas où vont se nicher leurs motivations. Mais dès qu'elles sauront le chemin par cœur... À partir d'un certain âge, il faut mécaniser totalement la chose. Plus on y met de mécanique, plus on y met de physiologique, plus on est sûr du résultat.

Mr H est déguisé en Hawaienne et il danse en agitant ses colliers. Sous ses aisselles poussent des fleurs en papier violet et de ses mains goutte le sang des rubis réduits en bouillie par la chaleur d'un volcan proche.

– Je suis fatigué. Je veux en finir le plus tôt possible. Je veux mon fric et puis je m'en vais.

– Vous disiez que les Kennedy avaient des soupçons.

– Je vous ai expliqué tout ça. Vous ne me payez pas pour que je vous amuse, ni pour que je vous fasse la conversation. Je veux avoir mon argent en Suisse dans quinze jours. Vous savez où l'envoyer.

– Vous allez emmener Nancy Flower, je m'y attends.

– Et que vous importe ? Nancy Flower a déjà fait pour vous tout ce qu'elle pouvait.

– Elle est délicieuse, un peu pathétique. Mais vous mélangez la conspiration avec tout ça et ce n'est pas bon. Vous et Nancy, vous travaillez très bien. Très coordonnés. Mais vous, vous ne supportez pas que Nancy soit comme elle est. Elle ne cadre pas avec le reste de vos idées et de vos actes.

– Vous en savez plus long que moi. J'ignore encore si je le supporte ou pas. Mais au fond je n'y attache pas assez d'importance. Jusqu'à présent, nous y avons trouvé notre compte et vous n'êtes ni le premier ni le dernier. Moi, au contraire, je suis celui de toujours. D'une façon ou d'une autre, à la fin, je suis gagnant.

– Quel philosophe vous faites, le meilleur que j'aie jamais entendu.

Morrison se tord par terre et mord la structure métallique du bureau. Il frappe son visage contre les chaises jusqu'au sang. Nancy Flower lui essuie le visage avec un linge.

– Ce pauvre idiot court à sa mort. Il croit qu'il va boucler la boucle avec la mort du vieux et ce n'est pas lui qui a le dernier coup de feu dans la main.

– Nancy !

– Vous pouvez être tranquille, Mr H. Je n'hésiterai pas et je serai là-bas au bon moment. Alors, la boucle sera bouclée.

– Vous avez observé que Nancy s'épile un peu le long des aines ?

– Nancy n'arrête pas de se mettre les doigts dans le nez et il lui arrive de ne pas être très discrète dans l'emploi de ses Tampax. Plus d'une fois j'ai retrouvé les tubes qui flottaient sur l'eau du siphon des toilettes. Une fois, le tube de Tampax flottait à côté d'un de vos cigares. Un voyage pour rien.

– Qui vous a dit que c'était un voyage pour rien ? Nancy est une fille pleine de ressources et elle a su me satisfaire en dépit de son état.

– Avouez que l'idée du vieux a été la dernière touche de génie.

– Vous n'aimez pas que je fasse le troisième entre vous et elle, et lui alors ?

– Vous, c'est du vice. En revanche, entre Nancy et lui, c'était technique, professionnel. Nancy lui a presque arraché des aveux complets. Il ne lui a jamais révélé qu'il était bien Pepe Carvalho, mais il lui a laissé deviner son double jeu. Un jour, Nancy a voulu savoir pourquoi il ne demandait pas un poste en Europe.

J'ai toujours eu envie d'aller en Europe. Ils pouvaient demander un poste. Pas très longtemps. Un an me suffit. Dans un pays où on ne remarquera pas trop que je suis américaine. Peut-être en Angleterre ou en Allemagne. Toi, tu t'en fiches.

– Il est devenu grave. Le moment était bien choisi pour la gravité, il était satisfait de corps et d'âme. Il était étendu dans le noir près d'un corps de femme qu'il avait pénétré avec savoir-faire.

Je ne sais pas si c'est possible. Je ne suis pas maître de moi-même. Ni eux. Un jour, je te raconterai. Bacterioon. Qu'est-ce que ça te dit, ce nom-là ? Probablement rien. J'aimerais bien aussi. L'Europe, un an, deux.

– Bacterioon.
– Bacterioon.
– Pepe Carvalho travaillait pour Bacterioon et quand nous, nous l'avons engagé je savais aussi qu'il continuait à travailler pour Bacterioon. En définitive, il allait vers son premier échec certain et Bacterioon a voulu s'assurer la partie.
– Peut-être aurait-il été plus simple que Bacterioon prenne contact avec nous.
– Et lui explique en long et en large son rôle de bourreau et de victime ? Il aurait vu tout de suite que c'était louche.

J'ai lu quelque chose sur Bacterioon. Certains disent qu'il existe. Que c'est l'énergie du mal qui devient omniprésente et qui prend une forme et qui s'incarne de manières très différentes.

– Bacrerioon, c'est la contre-révolution, lui a répondu Carvalho. C'est une anti-histoire. Son temps est différent. Quelquefois rapide comme l'éclat d'un coup de feu. Quelquefois lent comme la pollution atmosphérique.
– Kennedy devait mourir.

Mr H se signe. Il est habillé en croisé du Moyen-Âge et il marche vers Jérusalem, les bras en croix. Il s'arrête devant la muraille et le ciel s'ouvre. Les trompettes sonnent et les murailles tombent.

– *Kennedy était dangereux. Un notaire du capitalisme. L'exécuteur testamentaire. Assez stupide pour ignorer son rôle de grand liquidateur des stocks. Vaniteux comme une tête d'œuf et moraliste comme un curé. Des gens pareils font foirer les meilleures boîtes sous prétexte de les mettre au goût du jour. J'ai un fils qui est pareil. Je l'ai envoyé à Maracaibo pour surveiller l'état de la Compagnie. Le premier mois, il avait fait cinq cent quinze réformes. D'après lui, nous devions améliorer notre image, nous adapter à l'époque. Le mois suivant, quatre cent dix réformes. Trois mois plus tard, les travailleurs vénézuéliens avaient lynché cinq contremaîtres. J'ai rappelé mon fils et je lui ai créé une organisation philanthropique qui envoie de la langouste congelée dans les écoles maternelles de Thaïlande. Mais c'est le genre de choses qui arrive dans les meilleures familles. Le vieux Joe n'était pas comme ça. Je connaissais son goût secret pour Hitler. Mais c'était un esthète et il a voulu faire de ses fils un melange de stoïcien romain et de recordman olympique. Il raffolait des intellectuels et des artistes décadents. On n'a rien à apprendre de bon de ces gens-là. Ses fils ont hérité de son orgueil et de sa confusion mentale. John était moins à craindre que son* trust *de cerveaux.*

C'est une bande d'intrigants, ils sont tous de la cinquième colonne, tous des rouges.

– *Bacterioon a choisi le bon moment.*

– C'était ou Kennedy ou moi ! Sa politique pétrolière mettait nos intérêts en danger. Et sa manière de liquider la question de la Steel ! Quant à l'Alliance pour le Progrès, c'était le bord de la cataracte du haut de laquelle nous allions tous être précipités.

– Johnson a la stature du président qu'il vous faut. Et surtout Lady Bird. Vous avez raté le spectacle de Lady Bird en compagnie de Carvalho. Cette bonne femme n'avait jamais vu un Espagnol de sa vie et croyait qu'ils n'appartenaient pas à cette planète. Elle parlait avec lui une langue spéciale. Carvalho lui répondait comme si de rien n'était. Cet homme était une vraie catastrophe, Mr H. Je vous assure, je n'ai jamais vu un caméléon aussi tendre.

Encore une fois Carvalho au volant de sa voiture. Il se transforme successivement en voyageur de commerce de Cleveland qui roule vers le Middle West, en *chorus girl* de Las Vegas, en Miss Univers, en Lemmy Caution, en Jefferson, en psychopathe de feuilleton télévisé, en Joe Di Maggio, en Mary Pickford.

– L'imbécile. Il croit que le sang du vieux lavera toutes ses traces. Vous ne m'avez pas fait compliment pour l'idée du vieux.

– Géniale. Comme tout ce que vous faites, Morrison.

– La logique du montage, c'est lui qui l'a imaginée.

Mais si je tire sur Kennedy, je deviens physiquement l'assassin, nous devons donc rassembler des preuves contre un assassin et le tuer lui aussi. Boucler la boucle, fermer le cercle. C'est ce qu'a fait Trujillo avec le Basque Galíndez. Il l'a enlevé, il l'a fait monter dans un avion de tourisme, il l'a fait jeter de l'avion et après, l'avion a explosé en plein vol. La boucle est bouclée. Je dois tuer l'assassin visible de Kennedy.

– Un vagabond.

– Vous disiez ?

– Le vieux qui a été choisi est un vagabond d'origine irlandaise. Sa trace historique était presque effacée. Maintenant plus rien. Aucune piste réelle ne conduit à son Londonderry natal, pas même les registres d'état civil là-bas. Toutes les pistes actuelles sont fausses. Elles mènent en Espagne, elles mènent aux origines d'un faux Pepe Carvalho. Le vrai mourra quelques secondes après.

Personne ne peut dire de mal de moi, monsieur. Je parcours les États-Unis avec ma roulotte et je m'arrête là où je sais que la mairie ne me fera pas d'ennuis. On m'appelle Freddy, l'ami des enfants, et je ne vais pas vous dire que je suis réellement l'ami des enfants, parce que je ne peux pas les supporter, non, monsieur, ils me dégoûtent même un peu et ils m'agacent, je ne prétendrai pas le contraire, non, monsieur, mais je ne leur ai jamais fait le moindre mal et puis je les fais rire, je les amuse et les parents m'en sont reconnaissants, dans tous les États, partout, il y a des parents qui me sont reconnaissants d'avoir réglé le problème d'un après-midi, ne pas savoir quoi foutre de ces putains de mômes, pardonnez la dureté de l'expression, mais ce sont de plus en plus des putains de mômes, les enfants, si vous avez des gosses, vous serez d'accord avec moi et au train où vont les choses, les enfants du futur, ils n'en auront plus rien à faire des clowns, pas seulement des clowns ambulants comme moi, on fait moins d'effet, les gens pensent que nous sommes un peu comme des gitans, mais même des clowns qui sont à l'affiche des plus grands cirques du monde. Si vous me donnez l'autorisation de m'installer quelque part dans le centre de Dallas, je vous promets de rendre heureux, ce jour-là, de nombreux citoyens. Mes blagues peuvent être entendues par toutes les oreilles. Je travaille très peu avec les mots. Je ne dirais pas que je fais dans la finesse, mon travail, c'est plutôt le genre gros sel, si vous voyez ce que je veux dire. Mais il est efficace et je ne suis pas dans la dèche, comme beaucoup que je connais. J'ai mes petites économies. Mais oui. Ne vous y trompez pas, je ne suis pas un traîne-misère sans feu ni lieu. La roulotte est à moi, elle est presque neuve. J'ai un peu d'argent à la banque à Los Angeles et un appartement que j'ai acheté à San Francisco. La Californie, il n'y a que ça de vrai.

– Paumé de merde. Qu'est-ce que le Texas a à envier à la Californie ? Vous le savez, Morrison ?

Quand je ne pourrai plus aller partout à mon idée, je prendrai ma retraite dans mon appartement. La Californie est un pays béni.

– Mais entendez-moi ce porc ! Tu es comme les pédés qui croient qu'aux États-Unis il n'y a que New York, Washington et San Francisco !

Mr H se jette sur le clown. Il plante ses mains comme des serres dans le cou du vieux et les enfonce entre les replis de peau maltraitée par *l'after shave*. Morrison les sépare. Le vieux tangue sur ses jambes écartées, les yeux hagards.

– *Vous auriez pu trouver mieux.*

– *Avouez que c'était grossier. On ne peut pas dire à un Texan que la Californie est un pays béni. Vous l'avez vu vous-même. Il n'y a rien de mieux que le Texas.*

Si vous n'aimez pas la Californie, vous n'aviez qu'à le dire, monsieur, nous n'allons pas nous battre pour si peu. Je suis trop vieux pour les bagarres, vous avez dû vous en rendre compte, mais il n'en a pas toujours été ainsi. Regardez. Un couteau à cran d'arrêt. Snik ! Ça y est. Qu'est-ce que vous en dites ? Flasssss. Et vous êtes un homme mort. Ou alors, des fois, je me contentais de couper une belle paire de couilles. Mais vous êtes un grossium et les grossiums, il ne faut pas les piquer. C'est une chose que je sais depuis que je suis tout petit. Mais on ne sait jamais, il vaut mieux que vous évitiez de porter la main sur moi, la prochaine fois.

– *Une certaine dignité.*

– *Aucun doute, Mr H. Un homme, un vrai.*

– *J'espère que Carvalho sera rapide et pitoyable juste au bon moment.*

– *Ce n'est pas un sadique et c'est un excellent tireur. Je suis sûr que sa balle a été plus déterminante que celle qui a été tirée par l'autre.*

Mr H tremble comme un gratte-ciel pendant le tremblement de terre de San Francisco. Son cigare dégringole au ralenti. Son chapeau à larges bords s'envole et de ses yeux sortent des cercles concentriques mauves.

– *L'autre ? Il y en a un autre qui a participé à l'assassinat ? Pourquoi vous ne m'avez rien dit ? Pourquoi est-ce que je ne sais rien ?*

– *C'est Bacterioon qui en a décidé ainsi.*

– *Mais alors le cercle n'est pas fermé. C'est moi qui paye, en fin de compte. Notre engagement avec Bacterioon est purement spirituel, en fin de compte, et le fric est à moi, à nous, en tant que personnes privées qui avons joué la carte Bacterioon. Ce n'est pas juste. L'autre, il est perdu dans la nature. J'attends vos explications.*

– *Son tir ne passera pas à l'histoire. Il n'y en a qu'un qui passera à l'histoire et il y a beaucoup de prétendants muets au rôle de l'assassin : Freddy, Carvalho lui-même. Quant à l'autre tireur, il doit être mort à l'heure qu'il est. L'agent Sean Poverty a dû lui régler son compte. Et puis il était loin de savoir où il avait mis les pieds.*

Sean Poverty s'écroule avec lenteur. En face de lui, un homme jeune tient un pistolet, mû par la panique, comme une girouette folle qui vise tout et rien.

– *Je ne veux pas de types perdus dans la nature. Sean Poverty...*

– *Regardez !*

Morrison se retourne à temps pour voir la scène de la mort de Poverty. Il court vers le téléphone. Il donne des instructions pour localiser le jeune tireur. Après, il rappelle encore. Il donne des instructions pour qu'on se rende au commissariat et qu'on fasse taire le jeune tireur : d'accord, que ce soit lui qui s'en charge. Le silence est garanti.

– Ça y est.

– Vous avez assez joué au conspirateur. Moi, c'est mon métier. Vous, vous êtes un amateur. Je ne viens pas vous donner des conseils sur votre politique d'investissement. Je suis aussi fatigué de vous supporter que de mettre tout ce bordel sur pied.

– Je ne vous suis pas sympathique. Vous avez très mal pris mon histoire avec Nancy Flower.

– Nous n'avons plus que quelques minutes à passer ensemble. N'oubliez pas pour l'argent et ne dépassez pas les bornes.

– Ne nous disputons pas, Morrison, vous êtes une des personnes les plus efficaces que j'aie jamais eues en face de moi. C'est surprenant comme vous avez pu vous jouer d'un vieux crabe comme Carvalho.

– Depuis le XVe *siècle, au moins, la dynastie dont je suis issu est mieux nourrie que la sienne. Depuis le temps de mon grand-père Edgar, dans ma famille, on a fait du sport et nous avons pris des douches au moins une fois par semaine. La balance penche fatalement de mon côté.*

– Oui, et pourtant, Carvalho avait obtenu un grand crédit à la cour des Kennedy. Jacqueline l'appréciait beaucoup et John lui-même l'avait distingué en public et avait été très aimable.

– Tout ça leur semblait très taurin. Pour eux, Carvalho était un peu comme un toréador. D'une certaine manière, il avait le don de l'insolence et une assez bonne culture. Ces choses-là impressionnent beaucoup les garçons de Harvard, surtout John. En revanche, il n'impressionnait pas tellement Robert.

Pourquoi, pas tellement ? Pas du tout. Il ne m'impressionnait pas du tout. Je n'aimais pas son air fuyant. Sa manière de fourrer son nez partout. Son ironie silencieuse. Chaque fois que je pouvais, je lui balançais un coup, et après je me justifiais en lui disant que c'était pour tester ses réflexes. J'ai dit plusieurs fois à John que cet homme n'était pas celui qu'il nous fallait. Un garde du corps doit être d'une autre trempe.

– Vous voyez bien, Robert Kennedy s'en méfiait et seuls John et Jacqueline s'étaient laissé prendre au charme de leur garde du corps. Le vieux Joe regardait le gorille d'un sale œil.

– J'ai toujours cru que le plus difficile, ce serait de ne lui dévoiler qu'une partie du plan. Je lui ai laissé entendre plusieurs fois que j'appartenais à des groupes d'extrême droite et que mon admiration pour Kennedy ne m'empêchait pas de me méfier de lui, en raison de son excès de confiance devant le danger communiste. Enfin, j'ai pu l'emmener un jour à une réunion de la John Birch Society. À la sortie, il m'a dit qu'il trouvait notre fascisme très sous-développé.

Votre fascisme ouvert, c'est un peu comme la cinquième des cinq variétés de dés à coudre que votre industrie peut produire. C'est un peu comme toutes les gauches qu'il y a chez vous : le luxe d'une économie de la surproduction dans laquelle le gaspillage est la condition *sine qua non* pour que continue à fonctionner la mécanique de la surproduction. Vous avez de tout : depuis le fascisme agissant de quelques militaires et de Foster Dulles ou Barry Goldwater jusqu'aux fascistes poétiques qui se déguisent en Ku Klux Klan et émargent à la John Birch Society. De l'autre côté, vous avez des marxistes spiritistes et des sociaux-démocrates de salon. C'est un grand supermarché.

– Je lui ai répondu que j'étais très intéressé par son opinion et que je voulais savoir surtout jusqu'à quel point le fascisme en tant que style de vie lui répugnait.

Il n'y a pas grand-chose qui me répugne. Presque plus rien. Combien d'argent te donnent ces fascistes ? J'ai mon prix. Je veux prendre ma retraite à quarante ans et je n'ai plus de temps à perdre. Après, je veux agoniser pendant trente années supplémentaires sans à-coups, en collectionnant quelque chose et en allant à la pêche.

– Grande ressemblance avec ce à quoi vous aspirez, Morrison.

– Nous faisions le même métier. Il est logique que nous ayons tous les deux les mêmes rêves de fuite. Cette conversation a bien éclairci les choses.

– Après notre rencontre à trois.

– Carvalho en est ressorti très impressionné par vous et plein de mépris pour moi. Il m'a dit qu'il s'était toujours trompé sur la valeur véritable de Hemingway et de Scott Fitzgerald. Une fois, Scott Fitzgerald a dit à Hemingway : « Les riches sont différents. » Hemingway a répondu : « Ils ont de l'argent. »

Je m'étais toujours trompé. Je croyais que le plus intelligent des deux était Hemingway et que Scott Fitzgerald était un parvenu qui ne supportait pas de vivre de ce côté-ci du paradis. Mais le sage, c'était Scott Fitzgerald. Les riches sont différents. Il suffisait de voir H discuter avec toi et avec moi. Il était différent. Il avait plus d'argent. Tout l'argent. Rien que pour ça, il est différent. C'est le seul pouvoir solide.

– Carvalho était de jour en jour plus corrompu. Son dégoût pour le travail qu'il faisait a été la brèche par laquelle nous avons pu porter le coup définitif. Quand nous lui avons proposé de tuer Kennedy, il y a vu la chance de toucher un salaire double pour un seul coup de feu : celui qu'il avait négocié avec Bacterioon et celui que vous lui offriez.

– La chance de sa vie.

« Pepe, mon fils. C'est vrai, tout ce que dit ce monsieur ? Nous, nous avons toujours été pauvres, mais honnêtes. Ton grand-père paternel était un paysan. Moi, j'étais couturière à douze ans et quand la couture ne marchait pas, je faisais de la confection, des sous-vêtements pour hommes. Ton père a été émigrant, il a été dans l'U.G.T., dans la police secrète pendant la guerre, prisonnier politique et commis de magasin jusqu'au dernier soupir. Quand tu as appris par cœur le dictionnaire illustré Spes, nous avons compris que tu étais appelé à faire de grandes choses. À onze ans, tu lisais *le Critère*, du père Balmes, et *le Tour du monde d'un romancier*, de Blasco lbáñez. À quinze ans, tu faisais la petite école et tu étais encaisseur, le dimanche, encaisseur de traites d'assurance-décès. Quand tu es entré à l'université, je t'ai fait moi-même un pantalon neuf, je t'ai acheté une veste demi-saison dans le grand magasin le plus chic du quartier et ton père est allé te voir en cachette pendant que tu faisais la queue pour ton inscription. Après, tu t'es mis dans la politique et, une nuit, ils t'ont emmené parce que tu étais allé peindre tous les murs de la ville. Après, tu t'es marié et cinq mois plus tard ils t'ont encore emmené et ils ne t'ont relâché qu'au bout d'un an et demi. Rien dans ta vie ne répondait aux espoirs que ton père et moi avions conçus. Tu ne nous avais pas acheté d'appartement, même à cédit. Tu ne nous avais pas acheté de voiture pour aller au village et la montrer à la famille. Ta femme fumait et montrait ses jambes, est-ce que je montrais mes jambes, moi ? Elle te répondait mal devant nous. Tu venais manger à la maison pour économiser un repas plutôt que pour nous voir, et quand ton père t'a proposé de te pistonner pour te faire entrer dans une banque grâce au *señorito* Paco, le fils de don Licinio Prat, tu t'es mis dans une colère noire et tu as dit à ce pauvre homme qu'il ne comprenait rien à rien. Mais tu vois, Pepe, nous aurions passé sur tout si tu n'avais pas fait ce sale coup à Muriel. Pourquoi es-tu parti du jour au lendemain en la laissant plantée avec la gamine ?

Depuis que tu es parti, on n'a presque plus vu la petite, de toi, on ne sait pas grand-chose, seulement quand tu écris deux mots ou que tu envoies un peu d'argent, je le mets sur un livret d'épargne pour la gosse. Et maintenant nous apprenons que tu as tué le président de l'Amérique. Je n'ai plus assez de larmes pour pleurer. Et puis je ne comprends pas comment, avec tes idées, tu as pu attenter à la vie d'un président de la République. Ton père a toujours été républicain, mon père était de droite (il s'est mis dans une sale histoire de C.E.D.A. en 1937, en plus, et en plein secteur rouge), mais moi j'ai toujours été attirée politiquement par la république et sentimentalement par la monarchie. La république, c'est plus une chose à nous, mais la monarchie, comment te dire, c'est plus joli. Qu'est-ce qu'il t'avait fait, le président d'Amérique, Pepe ? Tu ne sais pas que tu laisses une veuve et deux enfants qui n'ont plus de père ? Tu ne sais pas, malheureux, qu'il faut un père dans une maison. Il a bien fallu que je t'élève toute seule quand ton père était en prison et je sais que ce n'est pas rose tous les jours. Je sais bien que la famille du président a de l'argent, mais l'argent ne fait pas tout. Je me suis trompée jusqu'au bout. Je pouvais bien imaginer que si tu étais capable d'abandonner ta femme et ta fille, tu étais capable de tout. Pourtant, quoi qu'il arrive, tu sais que je suis avec toi. Je t'envoie une couverture et une gamelle avec des pâtés à la viande pour quand ils t'arrêteront. Dis-moi s'ils te laissent avoir un thermos, je te ferais une bonne soupe galicienne. Je demanderai à Muriel si elle veut m'aider à trouver un avocat. Écris-moi et dis-moi si maître Ruiz Jiménez te paraît bien comme avocat. Il a été très sympathique et très compréhensif les autres fois.

« Reçois les bons baisers de ta mère qui t'aime. »

– *Une sainte femme.*
– *Très émouvant.*

Mr H sanglote en cachette tout en faisant semblant de ranger des papiers sur son bureau en palissandre. Morrison regarde, attristé, la fausse fenêtre où les faux derricks lancent de faux jets d'or noir. Entre dans la pièce un chevalier de l'ordre de Malte qui collecte des fonds pour les enfants de Guinée équatoriale atteints de poliomyélite. Morrison lui donne mille dollars et Mr H un million.

– *Que peut bien faire notre homme ?*

Sur l'écran de télévision, Pepe Carvalho conduit d'une manière toujours aussi décidée. Vous vous faites probablement une fausse idée de moi. En réalité, plutôt que de gagner de l'argent, je cherche d'abord à détruire la moindre trace du sens obscène de la solidarité. Une parfaite conduite est une conduite aussi aseptisée que possible, et je prêche d'exemple. Il n'y a pas de meilleure preuve d'asepsie que l'assassinat. Je prêche d'exemple.

– *Vous avez entendu le cynique ?*
– *Je l'ai entendu. C'est inadmissible.*
– *Quel culot !*

Accepter de toucher du fric, c'est une façon de détruire en moi le moindre alibi de moralité conventionnelle. Si vous avez une formation religieuse solide et de la culture, vous me comprendrez. Je vais tuer le vieux. Personne ne m'en empêchera et après je foutrai le camp. Entre ce que me paye Bacterioon et ce que me paye Mr H, je m'assure une splendide maturité et une vieillesse tranquille. Comme dans les beaux films, je retournerai chez moi, j'essaierai de récupérer Muriel et la petite, nous changerons de nom, nous recommencerons une nouvelle vie et nous ne manquerons plus de rien. Excusez la maladresse de ma mère. Les prolétaires sont impudiques, ils nous infligent la quotidienne obscénité de leur misère objective, pour parler en termes que vous saurez, avec la formation religieuse et la culture que je devine chez vous, apprécier de votre palais délicat.

– Morrison ! Tuez-le ! Immédiatement !

– Chaque chose en son temps. Je n'ai pas encore été averti de l'arrivée de l'hélicoptère. J'y serai en dix minutes. Deux après qu'il aura liquidé le vieux Fred.

– Je vous en supplie, Morrison, je vous paierai davantage, mais n'emmenez pas Nancy avec vous. J'aime beaucoup cette fille. Morrison, je vous en supplie. À mon âge, on est tellement reconnaissant pour ces choses-là qu'on ne cherche pas à se prouver leur sincérité. Vous me comprenez ?

– Combien me donnerez-vous pour Nancy Flower ?

– Deux millions.

– Bien. Mais je veux aussi quelque chose pour elle. Il serait injuste qu'elle n'en tire pas aussi quelque chose.

– Deux pour elle.

– Affaire conclue.

– Je ne savais pas comment vous le dire. J'ai retourné la question dans tous les sens. Le reste était secondaire. Enfin, jusqu'à un certain point. Mais je voulais Nancy Flower.

– Mettez donc un têtard dans vos armoiries : Kennedy pour la tête et Nancy Flower pour la queue.

Le têtard nage dans l'air de la pièce. Il a une grosse tête solide avec un beau profil, un profil de médaille, et une queue charnelle et presque transparente, souple, d'un rouge intermédiaire entre le sang et la chair écorchée. Il sent la lotion capillaire et les règles. On dirait qu'il est porté sur la réflexion s'il n'agitait pas tant la queue et ne projetait pas tant de spores de têtards qui grandissent à la chaleur des cendriers, des casiers et des housses vides de machines à écrire.

– Il ne reste plus qu'un point à éclaircir, Morrison. L'assassinat d'un président des États-Unis, ça va faire du bruit. Il y aura une enquête. Devant l'opinion publique, il faudra donner une explication logique pour tout.

– Si on peut trouver une explication en se servant de l'axe Carvalho-Fred, c'est terminé. Règlement de comptes mystérieux dans une roulotte garée sur un terrain vague. Si la maladresse de Poverty en a laissé un dans la nature, l'idée de la conspiration sera étouffée d'en haut, du pouvoir. Dans ce pays, il y a des alarmes qui mettent en marche, automatiquement, les missiles à tête nucléaire. Tout le monde s'en fout, de nos alarmes. Quatre ou cinq moralistes protesteront et exigeront la vérité. Mais ils vieilliront et dans qua-

rante ou cinquante ans, l'affaire Kennedy ne sera plus qu'un sujet curieux pour le Reader's Digest, *ou autre. Votre nom, celui de Carvalho ne diront plus rien à personne et Kennedy sera dans la mémoire des gens un têtard avec la tête du roi Midas et la queue du roi Arthur.*

– Vous êtes un bon vendeur, Morrison. Alors je vais vous faire une offre spéciale. La direction de la côte Ouest. Chef des ventes. Ma décision est prise.

– Je regrette. Je touche mon fric et je m'en vais.

Pourquoi t'en vas-tu et me laisses-tu avec ce vieillard riche et dégoûtant ? Ce que j'ai fait, je l'ai fait pour toi. Depuis vingt ans j'ai accepté que tu disposes de presque toute ma vie. J'ai couru des dangers pour toi. J'ai été avec d'autres hommes quand tu me le demandais.

Ce n'est pas vrai. Personne ne t'a demandé de coucher avec Mr H et tu l'as fait. Je ne t'en ai jamais rien dit, Nancy, mais je l'ai très mal pris. Il y avait les à-côtés qu'il fallait faire pour le travail, et il y avait tes petits caprices, et tes coucheries avec Mr H, c'était horrible pour moi.

– Nancy et moi, nous vous écrirons.

– Je n'ai pas l'intention de vous donner mon adresse.

– Allons, Morrison, ne soyez pas si chatouilleux. Je suis si heureux que je veux partager mon bonheur avec tout le monde.

J'en avais marre de tes jeux. J'en avais marre d'être utilisée sans espoir, sans l'espoir d'une fin heureuse, sans l'espoir que nous soyons vraiment réunis un jour, enfin seuls, toi et moi.

Tu savais qu'on était arrivés à la fin de l'aventure. Que je mettais le point final. Je te l'ai dit : Nancy, j'ai mis la main sur le paquet, si tu m'aides, c'est notre dernier coup. Tu le savais et, pourtant, tu as couché avec Mr H.

J'étais fascinée par sa toute-puissance. Il est trop puissant, on ne peut pas lui dire non, Morrison, il faut que tu le comprennes. Ne me laisse pas avec lui. Emmène-moi. Si tu me laisses, je ne saurai pas lui dire non.

Je regrette. Ma décision est prise. Il m'a offert trop d'argent. Si je n'avais pas appris que tu simulais avec lui des orgasmes pathétiques, j'aurais encore pu résister à la tentation des deux millions. Mais il y avait trop d'argent en jeu. Et puis, je ne te laisse pas sans rien. Il te donne aussi deux millions.

Deux millions ?

Deux millions !

Je ne le savais pas. Ton attitude m'a tellement déconcertée que je n'ai pas entendu que je gagnais tout ça. Ce n'est plus du tout pareil.

Plus du tout.

Mais j'ai trop de mal à renoncer à toi. Nous pourrions laisser passer un an. Après, je me débarrasse de Mr H et je reviens avec toi.

C'est une assez bonne idée.

Attends-moi.

J'essaierai.

Un chauffeur de Dodge espagnol entre dans la pièce. Il porte sa casquette respectueusement sur son bras plié en angle droit.

– Monsieur, l'hélicoptère est arrivé.
– Merci, Paco : l'heure de vérité, Morrison.
– En effet.
– Ne le ratez pas.
– Je ne le raterai pas. Ce sera presque instantané et simultané. Pepe Carvalho n'aura pas encore tué Fred que j'aurai déjà tiré sur lui. Adieu, Mr H, et n'oubliez pas l'argent.

Il s'envole par la fausse fenêtre, suivi par le chauffeur qui porte maintenant des ailes en métal poli. Nancy Flower sort alors nue de l'encrier et embrasse liquidement Mr H.

La roulotte était garée sur un petit pré, près d'une rangée de peupliers qui suivaient le cours d'un fossé à sec. C'était une roulotte verte, avec des pancartes publicitaires pour un onguent de serpent des Appalaches. Des poignées de martinets suivaient à la trace de la nuit proche et dans les friches vieillissait la terre au fur et à mesure que le soleil se retirait derrière les collines. En refermant la portière de ma voiture, je me dis que le bruit ressemblait beaucoup à celui qu'on entendait dans les films américains quand le héros referme la portière de sa voiture. C'est le bruit le plus caractéristique du cinéma américain ; preuve en est que partout dans le monde, quand on veut réaliser des films à prétention de perfection américaine, le bruit de la fermeture de portières de voiture se multiplie à tort et à travers. Tandis que je descendais à travers prés vers la roulotte, je me disais qu'il y a deux sortes de bruit de portière de voiture qui se referme, répondant à deux classes de signifiés au sein du contexte de la trame-intrigue. L'un est le bruit des séquences de liaison s'intercalant dans la description : séquences de conjonction, en général, copulative. Par exemple : Doris Day arrive dans un grand supermarché. Elle gare sa voiture. Elle sort de sa voiture. Elle se penche en offrant au spectateur la perspective de son petit cul très proportionné et ferme la portière. Toc. C'est un bruit qui promet l'achat d'un grand steak et de boîtes de bière. Autre séquence. La même Doris Day a fait ses courses, elle remonte dans sa voiture, avec le bruit consécutif, et retourne chez elle. Elle arrive chez elle. Premier plan d'une fenêtre ouverte (Doris Day l'avait laissée fermée). Plan moyen de Doris Day assise au volant, les sourcils froncés. Doris Day sort de la voiture. Maintenant, elle offre au public sa poitrine quarantenaire, son visage inquiet d'adolescente de quarante ans, ses taches de rousseur qui font bien leurs quarante ans. Elle referme la portière. Toc. Ce bruit promet la découverte d'un cadavre dans le hall, le cadavre de Raymond Burr, mettons, avec un filet de sang qui descend à chaque commissure des lèvres, comme s'il s'agissait d'une moustache mongole démarrant au mauvais endroit.

Le tuyau de la roulotte commença à cracher de la fumée. Je sortis mon pistolet de dessous mon aisselle et ôtai le cran de sûreté. À environ cinq mètres de la roulotte, je réfléchis à ce que j'allais dire : Pas de résistance ! Ou, peut-être : Haut les mains, fais gaffe ! Peut-être que je ne dirais rien et me contenterais de lui planter dans les reins le canon de mon pistolet. Mais il faudrait bien que je lui dise quelque chose pour qu'il arrive à interpréter mon acte. Un coup de crosse ? Je pourrais peut-être me servir de la voix des enfants quand ils jouent : Les mains ! Jamais le langage des gangsters n'est parvenu à l'économie expressive du langage des enfants quand ils jouent aux gendarmes et aux voleurs. Ils ne disent plus « Haut les mains ! », « Les mains ! » ça leur suffit bien. Dans la convention du jeu, à quoi peuvent servir les mains sinon à les mettre en haut ? Debout, le pistolet au poing, à cinq mètres de la roulotte, je me rendis compte que j'étais à la bonne distance pour tirer, il suffisait que le vieux ait entendu le bruit de la voiture. J'exécutai deux sauts ridicules pour me placer contre la paroi aveugle de la roulotte, et je m'assis par terre. Avec des petits cailloux, je déviai la route d'une colonne de fourmis ; je me posai une fois de plus le problème des rapports familiaux entre fourmis. Il suffit de ficher en l'air le parcours des fourmis pour provoquer des tragédies familiales. Des mères fourmis qui perdent leurs enfants. Des pères fourmis qui ne retrouveront jamais leur famille. Des nouveaux mariés fourmis séparés par des kilomètres et des kilomètres de fourmi. J'étais fasciné par les fourmis depuis que j'étais tout petit. Mon père les adorait. Le pauvre homme s'accroupissait devant le peuple errant et gâchait quelques envolées lyriques qu'il gardait pour ces occasions-là. Il avait une certaine aversion (plus verbale que pratique) pour le genre humain, qui le portait à s'enthousiasmer au-delà du raisonnable pour les fourmis, les abeilles et les petits chats. Il aimait aussi les statues en plâtre, les villes dans le lointain et marcher sous les arbres des allées en compagnie de deux cent cinquante mille personnes aux goûts comparables aux siens. Il aimait à la folie le panaché bière-limonade, la soupe galicienne, la maigre fraîcheur de son quartier une nuit d'été, rester en tricot de peau, cirer ses chaussures, cirer mes chaussures, nous peler des pommes à table, offrir son mouchoir pour que les autres s'y mouchent, se faire des savates avec des vieilles chaussures, défendre Staline, recommander la lecture du père Balmes et du baron d'Holbach, encourager l'économie chez les enfants, offrir des montres à toute sa famille, rester sans rien dire, les coudes appuyés sur la balustrade d'un étroit balcon, les yeux s'amusant des gens qui passaient dans la rue avec la tranquillité d'esprit du voyageur qui franchit un défilé formé par des tombeaux de vieilles familles comanches mortes.

La fraîcheur de l'herbe me glaça le cul. Je me relevai. Je remis mon pistolet dans son étui, sous mon aisselle. Je palpai la tôle de la roulotte, pour essayer de percevoir un écho du peu de vie qui se déroulait à l'intérieur. Je ne reçus aucune sensation qui mérite que je lui consacre une ligne. Ami lecteur, avec ton intelligence innée, entraîné comme tu l'es à la lecture active grâce à l'influence des prophètes des émissions littéraires, tu as déjà deviné que je n'avais aucune envie de mettre mon projet à exécution. Que c'était la raison pour laquelle je traînais la patte, épuisant les dernières bribes de mon potentiel de souvenir et d'oubli. Et si tu es, ami lecteur, passionné de littératuremétrie, ou science qui a pour objet de mesurer la littérature, tu as remarqué que le présent aparté est plus long que les précédents, précisément pour retarder autant que faire se peut le moment où je devrai affronter le vieux.

La nuit avait monté de mes pieds jusqu'au ciel enluné. J'eus suffisamment froid pour avoir envie de croiser les bras sur ma poitrine et me délecter de ma propre chaleur. Je m'approchai de la première fenêtre. Mais les rideaux étaient tirés et on n'y voyait rien. Le faible bruit d'une chose en passe d'être frite. Une odeur. Ou peut-être que je l'inventais, cette odeur, parce que je ne sus pas l'identifier. Je continuai à marcher jusqu'à ce que j'eusse atteint la porte. J'essayai la poignée. Elle cédait, aussi je retirai la main précipitamment. J'eus envie de retourner sur mes pas, de laisser faire la police ou Morrison et les autres. Je m'éloignai même de quelques pas. Ce qui m'arrêta, ce fut la vitesse à laquelle roulait une voiture sur la route. Non. C'était mon affaire. Une affaire qui m'intéressait sur tous les plans. Je me retournai résolument vers la caisse en métal. Je revins sur mes pas, mis la main sur la poignée avec décision et mon bras se contracta pour tirer sur la porte, tandis que mes pieds s'appuyaient fermement sur le sol avant de sauter. Quelque chose fit que toute ma structure physique se détendit et que je protégeai ma tête contre mon épaule. J'essayai de penser à quelque chose, mais je ne pensais à rien. Devant mon imagination, une lagune noire, sans eau, mes idées brisées, sans mots ni sons en aucun point de ma tête autre que normal. Je mis les mains dans les poches. Je sortis une main, je la laissai posée sur la poignée. La main prit sa liberté d'action, fit un geste et je dus m'écarter pour laisser de la place à la porte ouverte. Le rectangle éclairé était occupé par un petit fourneau à gaz, par la bouteille de gaz, par la poêle d'où s'élevait un peu de fumée et une odeur de lard frit. Je plongeai la tête dans le rectangle. À ma gauche, les rideaux tirés sur la grande fenêtre centrale ; à ma droite, un dos avec une veste, le dos d'un homme assis et sans pantalon, les pieds plongés dans un baquet fumant. Je montai tranquillement, mais sans savoir ce que j'allais faire. Le plafond m'obligeait à baisser la tête. Je restai avec le plafond pour chapeau, coincé entre le plafond et le sol, la main à mi-chemin entre le dos de l'homme et sa tête blanche. Péniblement, je fis un pas, sans m'écarter du rail fictif entre le plafond et le sol. Mes doigts frôlèrent d'abord la vieille épaule gauche, puis s'y posèrent. L'homme tourna la tête. Ses pieds, ses yeux déformés par les verres d'hypermétrope me regardaient en face. Il tourna la tête vers son baquet et barbota doucement. Il sortit ses pieds de l'eau et les regarda avec attention. C'étaient des pieds déglingués. Avec des veines au bord de l'éclatement. Pleins de collines et de rougeurs.

Les deux premières balles entrèrent presque dans le même orifice, brutalement ouvert entre les plis sales de la nuque. Il s'écroula presque en même temps que se répandait l'eau savonneuse dans toute la roulotte.

La troisième balle arracha un lambeau de tissu brûlé dans le dos, à la hauteur du cœur. Il ne frémit qu'une seule fois.

Barcelone, La Garriga, 1967-1971.

INDEX DES NOMS ET SIGLES ESPAGNOLS

Avida dollars : on se souvient qu'il s'agit de l'anagramme du nom du peintre catalan Salvador Dalí.

Balmes, père Jaime : prêtre, homme politique et philosophe catalan (1810-1848). Son manuel de logique appliquée, *El criterio* (1845), connut une immense diffusion.

Baroja, Pío : écrivain né en 1872 à San Sebastián, mort en 1956. Ses romans d'un réalisme grinçant porté vers le grotesque ont fait de cet abondant conteur basque un maître, contesté, du roman espagnol.

Benet, Juan : de ce romancier contemporain (1927-1992), on peut lire en français, entre autres, *Je reviendrai à Région.*

Blasco Ibáñez, Vicente : écrivain valencien (1867-1928), naturaliste, d'inspiration sociale, régionaliste. Un passage par Hollywood lui valut d'être adapté au cinéma : *Les Quatre Cavaliers de l'Apocalypse, Arènes sanglantes.*

Borrás, Enrique, acteur.

C.E.D.A. : Confédération espagnole de droits autonomes, parti conservateur fondé par Gil Robles en 1933, membre du gouvernement espagnol qui ordonna la répression contre la révolte des mineurs des Asturies en 1934.

C.N.T. : Confédération nationale du travail, syndicat anarchiste, allié à la F.A.I. (Fédération anarchiste ibérique). *Voir* Mai 1937.

Casals, Pau : nom catalan de l'inoubliable violoncelliste et chef d'orchestre né en 1876, mort en exil à Porto Rico en 1973.

Cejador, Julio : érudit espagnol (1864-1927), auteur, entre autres, d'une monumentale *Historia de la lengua y literatura castellanas* (Histoire de la langue et de la littérature castillanes).

Chemin de Perfection : en espagnol *Camino de Perfección*, ouvrage de sainte Thérèse d'Avila (1515-1582), rassemblant des conseils donnés aux moniales du couvent de San José, à Avila.

Companys, Lluís : homme politique catalan né 1883, fusillé en 1940. Président de la Generalitat de Catalogne en 1934 et de 1936 à 1939.

Comuneros : mouvement « nationaliste » et populaire contre les menées étrangères de Charles Quint, le soulèvement des *comunidades* fut sauvagement réprimé en 1521 ; les participants étaient appelés *comuneros*.

Dominguín, Luis Miguel : torero, né en 1926, inventif et élégant.

Douros : cinq pesetas.

« El Litri » : torero des années cinquante et soixante, au style dramatique.

Escrivá de Balaguer, José Maria : ce prélat espagnol (1902-1975) a fondé l'Opus Dei, mouvement catholique séculier mondial aussi puissant que discret. Il a été canonisé en 1992.

Franco Bahamonde, Francisco : général espagnol (1892-1975), il prend la tête du soulèvement contre le gouvernement républicain légitime en 1936 et devient chef de l'État espagnol en 1939 jusqu'à sa mort.

Galicien : de Galice, province du nord-ouest de l'Espagne, dont le peuplement d'origine celte, le climat humide, l'ouverture sur l'océan Atlantique, une langue voisine du portugais, font une terre à part, loin des clichés hispaniques. Dès le début du siècle, les Galiciens ont émigré vers l'Amérique du Sud, mais aussi du Nord.

Goytisolo, José Agustín : poète espagnol né en 1928,

proche du mouvement du « réalisme social ». Frère des écrivains Juan et Luis Goytisolo.

Guadiana : ce fleuve prend sa source dans la Mancha et après un parcours fantasque et résurgent se jette dans l'Atlantique. Il fait frontière entre l'Andalousie et le Portugal. Ici, nom commun.

Libro de Buen Amor : poème de l'archiprêtre de Hita (1330), satire de la société.

Machado, Antonio : grand poète espagnol né à Séville en 1875, mort en exil à Collioure en 1939.

Madariaga, Salvador de : écrivain, diplomate et homme politique libéral d'envergure (1886-1978).

Mai 1937 : véritable « guerre civile dans la guerre civile », où l'on vit, en une sanglante bataille rangée, les anarcho-syndicalistes de la C.N.T.-F.A.I. alliés aux trotskistes du P.O.U.M. S'opposer aux forces de l'ordre et au P.S.U.C., les cinq journées de mai 1937 à Barcelone aboutirent à la reprise en main du pouvoir (la Generalitat) par la bureaucratie républicaine puis stalinienne et à l'élimination de la révolution en Catalogne.

Martínez Barrio, Diego : républicain espagnol (1883-1962), président de la République espagnole en exil.

Nieremberg, Juan Eusebio : jésuite espagnol d'origine allemande (1595-1658). Parmi d'autres, nombreux, son ouvrage, *Diferencia entre lo temporal y lo eterno, crisol de desengaños* (Différence entre le temporel et l'éternel, creuset de déceptions), est une défense, sous une forme conceptiste qui le rattache au baroque, de l'idéal ascétique.

Otero, Blas de : poète espagnol (1916-1979). Son œuvre d'abord lyrique s'est tournée, après la guerre civile, vers une préoccupation largement « humaine » et espagnole. L'adaptation de ses poèmes par le chanteur Paco Ibañez est dans les mémoires : *A galopar, Andaluces de Jaén...*

Pérez de Ayala, Ramón : écrivain espagnol (1881-1962), auteur de romans d'une belle sensibilité et d'ouvrages de critique.

Pérez Galdós, Benito : le grand romancier espagnol (1843-1920), une œuvre immense, des chefs-d'œuvre : *Fortunata et Jacinta*, par exemple.

P.O.U.M. : Parti ouvrier d'unification marxiste, parti catalan d'inspiration trotskiste. *Voir* Mai 1937.

Prieto, Indalecio : secrétaire général du Parti socialiste ouvrier espagnol, ministre de la seconde République (1883-1962), il tente en exil de reconstruire une opposition au régime franquiste et meurt en exil.

P.S.U.C. : Parti socialiste unifié de Catalogne, communiste. *Voir* Mai 1937.

Rovelló, pluriel *rovellons* : mot catalan, lactaire délicieux.

Sant Martí del Canigó : en catalan, Saint-Martin-du Canigou.

Señorito : « petit monsieur », expression espagnole désignant le fils de famille ; employé de manière soit déférente, soit péjorative.

Serra, frère Junípero : franciscain espagnol (1713-1784), évangélisateur et colonisateur de la Californie où il fonda les missions de San Diego, San Francisco et Los Angeles.

Serrallonga, Joan de : nom de guerre de Joan Sala i Ferrer (1594-1634), bandit de grand chemin catalan, devenu mythe littéraire.

U.G.T. : Union générale du travail, syndicat d'inspiration socialiste.

Volapié : en tauromachie, façon de porter l'estocade « à la volée ».

DU MÊME AUTEUR

La Solitude du manager
Le Sycomore, 1981
et « 10/18 », n° 1908

Meurtre au comité central
Le Sycomore, 1982
et « 10/18 », n° 2197

Les Oiseaux de Bangkok
Seuil, 1987
et « 10/18 », n° 2163

Les Mers du Sud
« 10/18 », n° 1907

La Rose d'Alexandrie
Christian Bourgois, 1988
et « 10/18 », n° 2134

Le Pianiste
Seuil, 1988
et « Points », n° P527

La Joyeuse Bande d'Atzavara
Seuil, 1989
et « Points », n° P452

Les Thermes
Christian Bourgois, 1989
et « 10/18 », n° 2198

Happy End
Complexe, 1990

Ménage à quatre
Seuil, 1990
« Points Roman », n° R511
et « Points », n° P1659

Tatouage
Christian Bourgois, 1990
et « 10/18 », n° 2243

Histoires de politique fiction
Christian Bourgois, 1990
et « 10/18 », n° 2298

Le Tueur des abattoirs
et autres nouvelles
Seuil, 1991
et « Points », n° P526

Hors jeu
Christian Bourgois, 1991
et « 10/18 », n° 2281

Histoires de famille
Christian Bourgois, 1992
et « 10/18 », n° 2646

Le Labyrinthe grec
Christian Bourgois, 1992
et « 10/18 », n° 2551

Galíndez
Seuil, 1992
et « Points », n° P1006

Mémoires de Barcelone
La Sirène, 1993

Histoires de fantômes
Christian Bourgois, 1993
et « 10/18 », n° 2648

Recettes immorales
Mascaret, 1993
réédition Éditions de l'Epure, 2004

Manifeste subnormal
Christian Bourgois, 1994

Assassinat à Prado del Rey
et autres histoires sordides
Christian Bourgois, 1994
« 10/18 », n° 3122
et « Points », n° P1823

Moi, Franco
Le Seuil, 1994
et « Points » ,n° P339

Sabotage olympique
Christian Bourgois, 1995
et « 10/18 », n° 3086

Trois Histoires d'amour
Christian Bourgois, 1995

Aperçu de la planète des singes
pamphlet
Seuil, 1995

Les Recettes de Pepe Carvalho
Christian Bourgois, 1996

Saga Maure
(en collaboration avec Martine Voyeux et Mohamed Choukri)
Marval, 1996

Au souvenir de Dardé
Christian Bourgois, 1996

Les Travaux et les Jours
(en collaboration avec Michel Vanden Eeckhoudt)
Actes Sud, 1996

L'Étrangleur
Seuil, 1996
et « Points », n° P521

Questions marxistes
Christian Bourgois, 1996

Le Désir de mémoire
Entretiens avec George Tyras
Paroles d'aube, 1997

Roldan ni mort ni vif
Christian Bourgois, 1997
et « 10/18 », n° 3168

La Pasionaria et les Sept Nains
essai
Seuil, 1998

Le Petit Frère
Christian Bourgois, 1998
et « 10/18 », n° 3265

Ou César ou rien
Seuil, 1999
et « Points », n° P777

Avant que le millénaire nous sépare
Christian Bourgois, 1999

Le Prix
Christian Bourgois, 1999
et « Points Policier », n° P754

La Longue Fuite
Flohic, 2000

La Méditerranée espagnole
(en collaboration avec Eduardo Gonzalez Calleja)
Maisonneuve et Larose, 2000

Pourtant le voyageur en fuite
Le Temps des cerises, 2000

Le Quintette de Buenos Aires
Christian Bourgois, 2000
et « Points Policier », n° P860

Et Dieu est entré dans la Havane
essai
Seuil, 2001

Le Maître des bonsaïs
(en collaboration avec Erika Pittis)
Seuil Jeunesse, 2002

Barcelones
essai
Seuil, 2002

L'Homme de ma vie
Christian Bourgois, 2002
et « Points Policier », n° 1087

Marcos, le maître des miroirs
essai
Mille et Une Nuits, 2003

Vu des toits
Langues pour tous, 2003

Entretiens avec Manuel Vázquez Montalbán
La Renaissance du Livre, 2004

Érec et Énide
Seuil, 2004
et « Points », n° P1289

Milenio Carvalho
Christian Bourgois, 2006
t. 1 : Cap sur Kaboul
« Points », n° P1660
t. 2 : Aux antipodes
« Points », n° P1661

Nouvelles
La solitude accommodée au rôti de dinde
L'exhibitionniste, Ces années-là, Le collectionneur
Langue pour tous, 2007

RÉALISATION : GRAPHIC HAINAUT À CONDÉ-SUR-L'ESCAUT

GROUPE CPI

Achevé d'imprimer en octobre 2007
par **BUSSIÈRE**
à Saint-Amand-Montrond (Cher)
N° d'édition : 96556. - N° d'impression : 71731.
Dépôt légal : novembre 2007.
Imprimé en France

Collection Points Policier

P18. L'Héritage empoisonné, *Paul Levine*
P19. Les Égouts de Los Angeles, *Michael Connelly*
P29. Mort en hiver, *L.R. Wright*
P81. Le Maître de Frazé, *Herbert Lieberman*
P103. Cadavres incompatibles, *Paul Levine*
P104. La Rose de fer, *Brigitte Aubert*
P105. La Balade entre les tombes, *Lawrence Block*
P106. La Villa des ombres, *David Laing Dawson*
P107. La Traque, *Herbert Lieberman*
P108. Meurtre à cinq mains, *Jack Hitt*
P142. Trésors sanglants, *Paul Levine*
P155. Pas de sang dans la clairière, *L.R. Wright*
P165. Nécropolis, *Herbert Lieberman*
P181. Red Fox, *Anthony Hyde*
P182. Enquête sous la neige, *Michael Malone*
P226. Une mort en rouge, *Walter Mosley*
P233. Le Tueur et son ombre, *Herbert Lieberman*
P234. La Nuit du solstice, *Herbert Lieberman*
P244. Une enquête philosophique, *Philip Kerr*
P245. Un homme peut en cacher un autre, *Andreu Martín*
P248. Le Prochain sur la liste, *Dan Greenburg*
P259. Minuit passé, *David Laing Dawson*
P266. Sombre Sentier, *Dominique Manotti*
P267. Ténèbres sur Jacksonville, *Brigitte Aubert*
P268. Blackburn, *Bradley Denton*
P269. La Glace noire, *Michael Connelly*
P272. Le Train vert, *Herbert Lieberman*
P282. Le Diable t'attend, *Lawrence Block*
P295. La Jurée, *George Dawes Green*
P321. Tony et Susan, *Austin Wright*
P341. Papillon blanc, *Walter Mosley*
P356. L'Ange traqué, *Robert Crais*
P388. La Fille aux yeux de Botticelli, *Herbert Lieberman*
P389. Tous les hommes morts, *Lawrence Block*
P390. La Blonde en béton, *Michael Connelly*
P393. Félidés, *Akif Pirinçci*
P394. Trois heures du matin à New York
Herbert Lieberman
P395. La Maison près du marais, *Herbert Lieberman*
P422. Topkapi, *Eric Ambler*
P430. Les Trafiquants d'armes, *Eric Ambler*
P432. Tuons et créons, c'est l'heure, *Lawrence Block*
P435. L'Héritage Schirmer, *Eric Ambler*

P441. Le Masque de Dimitrios, *Eric Ambler*
P442. La Croisière de l'angoisse, *Eric Ambler*
P468. Casting pour l'enfer, *Robert Crais*
P469. La Saint-Valentin de l'homme des cavernes
George Dawes Green
P483. La Dernière Manche, *Emmett Grogan*
P492. N'envoyez plus de roses, *Eric Ambler*
P513. Montana Avenue, *April Smith*
P514. Mort à la Fenice, *Donna Leon*
P530. Le Détroit de Formose, *Anthony Hyde*
P531. Frontière des ténèbres, *Eric Ambler*
P532. La Mort des bois, *Brigitte Aubert*
P533. Le Blues du libraire, *Lawrence Block*
P534. Le Poète, *Michael Connelly*
P535. La Huitième Case, *Herbert Lieberman*
P536. Bloody Waters, *Carolina Garcia-Aguilera*
P537. Monsieur Tanaka aime les nymphéas
David Ramus
P539. Énergie du désespoir, *Eric Ambler*
P540. Épitaphe pour un espion, *Eric Ambler*
P554. Mercure rouge, *Reggie Nadelson*
P555. Même les scélérats…, *Lawrence Block*
P571. Requiem caraïbe, *Brigitte Aubert*
P572. Mort en terre étrangère, *Donna Leon*
P573. Complot à Genève, *Eric Ambler*
P606. Bloody Shame, *Carolina Garcia-Aguilera*
P617. Les Quatre Fils du Dr March, *Brigitte Aubert*
P618. Un Vénitien anonyme, *Donna Leon*
P626. Pavots brûlants, *Reggie Nadelson*
P627. Dogfish, *Susan Geason*
P636. La Clinique, *Jonathan Kellerman*
P639. Un regrettable accident, *Jean-Paul Nozière*
P640. Nursery Rhyme, *Joseph Bialot*
P644. La Chambre de Barbe-Bleue, *Thierry Gandillot*
P645. L'Épervier de Belsunce, *Robert Deleuse*
P646. Le Cadavre dans la Rolls, *Michael Connelly*
P647. Transfixions, *Brigitte Aubert*
P648. La Spinoza Connection, *Lawrence Block*
P649. Le Cauchemar, *Alexandra Marinina*
P650. Les Crimes de la rue Jacob, *ouvrage collectif*
P651. Bloody Secrets, *Carolina Garcia-Aguilera*
P652. La Femme du dimanche
Carlo Fruttero et Franco Lucentini
P653. Le Jour de l'enfant tueur, *Pierre Pelot*
P669. Le Concierge, *Herbert Lieberman*
P670. Bogart et moi, *Jean-Paul Nozière*

P671. Une affaire pas très catholique, *Roger Martin*
P687 Tir au but, *Jean-Noël Blanc*
P693. Black Betty, *Walter Mosley*
P706. Les Allumettes de la sacristie, *Willy Deweert*
P707. Ô mort, vieux capitaine…, *Joseph Bialot*
P708. Images de chair, *Noël Simsolo*
P717. Un chien de sa chienne, *Roger Martin*
P718. L'Ombre de la louve, *Pierre Pelot*
P727. La Morsure des ténèbres, *Brigitte Aubert*
P733. Le Couturier de la Mort, *Brigitte Aubert*
P734 Entre deux eaux, *Donna Leon*
P742. La Mort pour la mort, *Alexandra Marinina*
P754. Le Prix, *Manuel Vázquez Montalbán*
P755. La Sourde, *Jonathan Kellerman*
P756. Le Sténopé, *Joseph Bialot*
P757. Carnivore Express, *Stéphanie Benson*
P768. Au cœur de la mort, *Laurence Block*
P769. Fatal Tango, *Jean-Paul Nozière*
P770. Meurtres au seuil de l'an 2000
Éric Bouhier, Yves Dauteuille, Maurice Detry, Dominique Gacem, Patrice Verry
P771. Le Tour de France n'aura pas lieu, *Jean-Noël Blanc*
P781. Le Dernier Coyote, *Michael Connelly*
P782. Prédateurs, *Noël Simsolo*
P792. Le Guerrier solitaire, *Henning Mankell*
P793. Ils y passeront tous, *Lawrence Block*
P794. Ceux de la Vierge obscure, *Pierre Mezinski*
P803. La Mante des Grands-Carmes
Robert Deleuse
P819. London Blues, *Anthony Frewin*
P821. Palazzo maudit, *Stéphanie Benson*
P834. Billy Straight, *Jonathan Kellerman*
P835. Créance de sang, *Michael Connelly*
P847 King Suckerman, *George P. Pelecanos*
P849. Pudding mortel, *Margaret Yorke*
P850. Hemoglobine Blues, *Philippe Thirault*
P851. Exterminateurs, *Noël Simsolo*
P859. Péchés mortels, *Donna Leon*
P860. Le Quintette de Buenos Aires
Manuel Vázquez Montalbán
P861. Y'en a marre des blondes, *Lauren Anderson*
P862. Descente d'organes, *Brigitte Aubert*
P875. La Mort des neiges, *Brigitte Aubert*
P876. La lune était noire, *Michael Connelly*
P877. La Cinquième Femme, *Henning Mankell*
P882. Trois Petites Mortes, *Jean-Paul Nozière*

P883. Le Numéro 10, *Joseph Bialot*
P888. Le Bogart de la cambriole, *Lawrence Block*
P892. L'Œil d'Ève, *Karin Fossum*
P898. Meurtres dans l'audiovisuel, *Yan Bernabot, Guy Buffet, Frédéric Karar, Dominique Mitton et Marie-Pierre Nivat-Henocque*
P899. Terminus pour les pitbulls, *Jean-Noël Blanc*
P909. L'Amour du métier, *Lawrence Block*
P910. Biblio-quête, *Stéphanie Benson*
P911. Quai des désespoirs, *Roger Martin*
P926. Sang du ciel, *Marcello Fois*
P927. Meurtres en neige, *Margaret Yorke*
P928. Heureux les imbéciles, *Philippe Thirault*
P949. 1280 Âmes, *Jean-Bernard Pouy*
P950. Les Péchés des pères, *Lawrence Block*
P963. L'Indispensable Petite Robe noire, *Lauren Henderson*
P964. Vieilles dames en péril, *Margaret Yorke*
P965. Jeu de main, jeu de vilain, *Michelle Spring*
P971. Les Morts de la Saint-Jean, *Henning Mankell*
P972. Ne zappez pas, c'est l'heure du crime, *Nancy Star*
P976. Éloge de la phobie, *Brigitte Aubert*
P989. L'Envol des anges, *Michael Connelly*
P990. Noblesse oblige, *Donna Leon*
P1001. Suave comme l'éternité, *George P. Pelecanos*
P1003. Le Monstre, *Jonathan Kellerman*
P1004. À la trappe !, *Andrew Klavan*
P1005. Urgence, *Sara Paretsky*
P1016. La Liste noire, *Alexandra Marinina*
P1017. La Longue Nuit du sans-sommeil, *Lawrence Block*
P1029. Speedway, *Philippe Thirault*
P1030. Les Os de Jupiter, *Faye Kellerman*
P1039. Nucléaire chaos, *Stéphanie Benson*
P1040. Bienheureux ceux qui ont soif…, *Anne Holt*
P1042. L'Oiseau des ténèbres, *Michael Connelly*
P1048. Les Lettres mauves, *Lawrence Block*
P1060. Mort d'une héroïne rouge, *Qiu Xiaolong*
P1061. Angle mort, *Sara Paretsky*
P1070. Trompe la mort, *Lawrence Block*
P1071. V'là aut'chose, *Nancy Star*
P1072. Jusqu'au dernier, *Deon Meyer*
P1081. La Muraille invisible, *Henning Mankell*
P1087. L'Homme de ma vie, *Manuel Vázquez Montalbán*
P1088. Wonderland Avenue, *Michael Connelly*
P1089. L'Affaire Paola, *Donna Leon*
P1090. Nous n'irons plus au bal, *Michelle Spring*
P1100. Dr la Mort, *Jonathan Kellerman*

P1101. Tatouage à la fraise, *Lauren Henderson*
P1102. La Frontière, *Patrick Bard*
P1105. Blanc comme neige, *George P. Pelecanos*
P1110. Funérarium, *Brigitte Aubert*
P1111. Requiem pour une ombre, *Andrew Klavan*
P1122. Meurtriers sans visage, *Henning Mankell*
P1123. Taxis noirs, *John McLaren*
P1134. Tous des rats, *Barbara Seranella*
P1135. Des morts à la criée, *Ed Dee*
P1146. Ne te retourne pas !, *Karin Fossum*
P1158. Funky Guns, *George P. Pelecanos*
P1159. Les Soldats de l'aube, *Deon Meyer*
P1162. Visa pour Shanghai, *Qiu Xiaolong*
P1174. Sale temps, *Sara Paretsky*
P1175. L'Ange du Bronx, *Ed Dee*
P1187. Les Chiens de Riga, *Henning Mankell*
P1188. Le Tueur, *Eraldo Baldini*
P1189. Un silence de fer, *Marcello Fois*
P1190. La Filière du jasmin, *Denise Hamilton*
P1197. Destins volés, *Michael Pye*
P1206. Mister Candid, *Jules Hardy*
P1207. Déchaînée, *Lauren Henderson*
P1215. Tombe la pluie, *Andrew Klavan*
P1224. Le Vagabond de Holmby Park, *Herbert Lieberman*
P1225. Des amis haut placés, *Donna Leon*
P1228. Chair et sang, *Jonathan Kellerman*
P1230. Darling Lilly, *Michael Connelly*
P1239. Je suis mort hier, *Alexandra Marinina*
P1240. Cendrillon, mon amour, *Lawrence Block*
P1242. Berlinale Blitz, *Stéphanie Benson*
P1245. Tout se paye, *George P. Pelecanos*
P1251. Le Rameau brisé, *Jonathan Kellerman*
P1256. Cartel en tête, *John McLaren*
P1271. Lumière morte, *Michael Connelly*
P1291. Le croque-mort a la vie dure, *Tim Cockey*
P1292. Pretty Boy, *Lauren Henderson*
P1306. La Lionne blanche, *Henning Mankell*
P1307. Le Styliste, *Alexandra Marinina*
P1308. Pas d'erreur sur la personne, *Ed Dee*
P1309. Le Casseur, *Walter Mosley*
P1318. L'Attrapeur d'ombres, *Patrick Bard*
P1331. Mortes-eaux, *Donna Leon*
P1332. Déviances mortelles, *Chris Mooney*
P1344. Mon vieux, *Thierry Jonquet*
P1345. Lendemains de terreur, *Lawrence Block*
P1346. Déni de justice, *Andrew Klavan*

P1347. Brûlé, *Leonard Chang*
P1359. Los Angeles River, *Michael Connelly*
P1360. Refus de mémoire, *Sarah Paretsky*
P1361. Petite musique de meurtre, *Laura Lippman*
P1372. L'Affaire du Dahlia noir, *Steve Hodel*
P1373. Premières armes, *Faye Kellerman*
P1374. Onze jours, *Donald Harstad*
P1375. Le croque-mort préfère la bière, *Tim Cockey*
P1393. Soul Circus, *George P. Pelecanos*
P1394. La Mort au fond du canyon, *C. J. Box*
P1395. Recherchée, *Karin Alvtegen*
P1396. Disparitions à la chaîne, *Ake Smedberg*
P1407. Qu'elle repose en paix, *Jonathan Kellerman*
P1408. Le Croque-mort à tombeau ouvert, *Tim Cockey*
P1409. La Ferme des corps, *Bill Bass*
P1414. L'Âme du chasseur, *Deon Meyer*
P1417. Ne gênez pas le bourreau, *Alexandra Marinina*
P1425. Un saut dans le vide, *Ed Dee*
P1435. L'Enfant à la luge, *Chris Mooney*
P1436. Encres de Chine, *Qiu Xiaolong*
P1437. Enquête de mor(t)alité, *Gene Riehl*
P1451. L'homme qui souriait, *Henning Mankell*
P1452. Une question d'honneur, *Donna Leon*
P1453. Little Scarlet, *Walter Mosley*
P1476. Deuil interdit, *Michael Connelly*
P1493. La Dernière Note, *Jonathan Kellerman*
P1494. La Cité des Jarres, *Arnaldur Indridason*
P1495. Électre à La Havane, *Leonardo Padura*
P1496. Le croque-mort est bon vivant, *Tim Cockey*
P1497. Le Cambrioleur en maraude, *Lawrence Block*
P1539. Avant le gel, *Henning Mankell*
P1540. Code 10, *Donald Harstad*
P1541. Les Nouvelles Enquêtes du juge Ti, vol. 1
Le Château du lac Tchou-An, *Frédéric Lenormand*
P1542. Les Nouvelles Enquêtes du juge Ti, vol. 2
La Nuit des juges, *Frédéric Lenormand*
P1559. Hard Revolution, *George P. Pelecanos*
P1560. La Morsure du lézard, *Kirk Mitchell*
P1561. Winterkill, *C.J. Box*
P1582. Le Sens de l'arnaque, *James Swain*
P1583. L'Automne à Cuba, *Leonardo Padura*
P1597. La Preuve par le sang, *Jonathan Kellerman*
P1598. La Femme en vert, *Arnaldur Indridason*
P1599. Le Che s'est suicidé, *Petros Markaris*
P1600. Les Nouvelles Enquêtes du juge Ti, vol. 3
Le Palais des courtisanes, *Frédéric Lenormand*

P1601. Trahie, *Karin Alvtegen*
P1602. Les Requins de Trieste, *Veit Heinichen*
P1635. La Fille de l'arnaqueur, *Ed Dee*
P1636. En plein vol, *Jan Burke*
P1637. Retour à la Grande Ombre, *Hakan Nesser*
P1660. Milenio, *Manuel Vázquez Montalbán*
P1661. Le Meilleur de nos fils, *Donna Leon*
P1662. Adios Hemingway, *Leonardo Padura*
P1678. Le Retour du professeur de danse, *Henning Mankell*
P1679. Romanzo Criminale, *Giancarlo de Cataldo*
P1680. Ciel de sang, *Steve Hamilton*
P1690. La Défense Lincoln, *Michael Connelly*
P1691. Flic à Bangkok, *Patrick Delachaux*
P1692. L'Empreinte du renard, *Moussa Konaté*
P1693. Les fleurs meurent aussi, *Lawrence Block*
P1703. Le Très Corruptible Mandarin, *Qiu Xiaolong*
P1723. Tibet or not Tibet, *Péma Dordjé*
P1724. La Malédiction des ancêtres, *Kirk Mitchell*
P1761. Chroniques du crime, *Michael Connelly*
P1762. Le croque-mort enfonce le clou, *Tim Cockey*
P1782. Le Club des conspirateurs, *Jonathan Kellerman*
P1783. Sanglants trophées, *C.J. Box*
P1811. - 30°, *Donald Harstad*
P1821. Funny Monney, *James Swain*
P1822. J'ai tué Kennedy ou les mémoires d'un garde du corps
Manuel Vázquez Montalbán
P1823. Assassinat à Prado del Rey et autres histoires sordides
Manuel Vázquez Montalbán

Collection Points

DERNIERS TITRES PARUS

P1768. L'Ennemi intime, *Patrick Rotman*
P1769. Nos enfants nous haïront
Denis Jeambar & Jacqueline Remy
P1770. Ma guerre contre la guerre au terrorisme
Terry Jones
P1771. Quand Al-Quaïda parle, *Farhad Khosrokhavar*
P1772. Les Armes secrètes de la C.I.A., *Gordon Thomas*
P1773. Asphodèle, *suivi de* Tableaux d'après Bruegel
William Carlos Williams
P1774. Poésie espagnole 1945-1990 (anthologie)
Claude de Frayssinet
P1775. Mensonges sur le divan, *Irvin D. Yalom*
P1776. Le Cycle de Deverry. Le Sortilège de la dague I
Katharine Kerr
P1777. La Tour de guet suivi des Danseurs d'Arun.
Les Chroniques de Tornor I, *Elisabeth Lynn*
P1778. La Fille du Nord, Les Chroniques de Tornor II
Elisabeth Lynn
P1779. L'Amour humain, *Andreï Makine*
P1780. Viol, une histoire d'amour, *Joyce Carol Oates*
P1781. La Vengeance de David, *Hans Werner Kettenbach*
P1782. Le Club des conspirateurs, *Jonathan Kellerman*
P1783. Sanglants trophées, *C.J. Box*
P1784. Une ordure, *Irvine Welsh*
P1785. Owen Noone et Marauder, *Douglas Cowie*
P1786. L'Autre Vie de Brian, *Graham Parker*
P1787. Triksta, *Nick Cohn*
P1788. Une histoire politique du journalisme
Géraldine Muhlmann
P1789. Les Faiseurs de pluie.
L'histoire et l'impact futur du changement climatique
Tim Flannery
P1790. La Plus Belle Histoire de l'amour, *Dominique Simonnet*
P1791. Poèmes et proses, *Gerard Manley Hopkins*
P1792. Lieu-dit l'éternité, poèmes choisis
Emily Dickinson
P1793. La Couleur bleue, *Jörg Kastner*
P1794. Le Secret de l'imam bleu, *Bernard Besson*
P1795. Tant que les arbres s'enracineront
dans la terre et autres poèmes, *Alain Mabanckou*

P1796. Cité de Dieu, *E.L. Doctorow*
P1797. Le Script, *Rick Moody*
P1798. Raga, approche du continent invisible, *J.M.G. Le Clézio*
P1799. Katerina, *Aharon Appefeld*
P1800. Une opérette à Ravensbrück, *Germaine Tillion*
P1801. Une presse sans Gutenberg,
Pourquoi Internet a révolutionné le journalisme
Bruno Patino et Jean-François Fogel
P1802. Arabesques. L'aventure de la langue en Occident
Henriette Walter et Bassam Baraké
P1803. L'Art de la ponctuation. Le point, la virgule
et autres signes fort utiles
Olivier Houdart et Sylvie Prioul
P1804. À mots découverts. Chroniques au fil de l'actualité
Alain Rey
P1805. L'Amante du pharaon, *Naguib Mahfouz*
P1806. Contes de la rose pourpre, *Michel Faber*
P1807. La Lucidité, *José Sarramago*
P1808. Fleurs de Chine, *Wei-Wei*
P1809. L'Homme ralenti, *J.M. Coetzee*
P1810. Rêveurs et nageurs, *Denis Grozdanovitch*
P1811. - 30°, *Donald Harstad*
P1812. Le Second Empire. Les Monarchies divines IV
Paul Kearney
P1813. Été machine, *John Crowley*
P1814. Ils sont votre épouvante, et vous êtes leur crainte
Thierry Jonquet
P1815. Paperboy, *Pete Dexter*
P1816. Bad city blues, *Tim Willocks*
P1817. Le Vautour, *Gil Scott Heron*
P1818. La Peur des bêtes, *Enrique Serna*
P1819. Accessible à certaine mélancolie, *Patrick Besson*
P1820. Le Diable de Milan, *Martin Suter*
P1821. Funny Monney, *James Swain*
P1822. J'ai tué Kennedy ou les mémoires d'un garde du corps
Manuel Vázquez Montalbán
P1823. Assassinat à Prado del Rey et autres histoires sordides
Manuel Vázquez Montalbán
P1824. Laissez entrer les idiots. Témoignage d'un autiste
Kamran Nazeer
P1825. Patients si vous saviez, *Christian Lehmann*
P1826. La Société cancérigène
Geneviève Barbier et Armand Farrachi
P1827. La Mort dans le sang, *Joshua Spanogle*
P1828. Une âme de trop, *Brigitte Aubert*